ちぐはぐな部品

星 新一

角川文庫 14286

ちぐはぐな部品

目次

イラスト　片山若子

いじわるな星

宇宙パトロール隊によって、たまたま発見されたジフ惑星についてのニュースは、地球の人びとの関心をよびおこした。通りがかりに観察しただけだが、そう大きな惑星ではないといいえ、海があり川があり、山があり谷があり、森や野原もあるようだとの報告だった。

住民はいないらしいという。なお、ジフ惑星という名は、その星の固有の名ではなく、発見者であるパトロール隊員の名にちなんで、かくのごとくつけられたのだ。

そんなことはともかく、地球ではみな大喜びだった。人口過剰ぎみの地球にとって、このうえない植民地であり、別荘地である。また、その位置からみて、宇宙へさらに発展するための絶好の中継地ともいえる。価値のある資源にも、富んでいるにちがいない。

かくして、第一次基地建設隊が編成され、彼らの乗った宇宙船が出発していった。ジフ惑星の地理を調べ、簡単な空港を作り、通信塔をたてることなどが任務だった。これからは、多くの人がジフ惑星を訪れることになるはずだ。それに必要な体制を、まず整えなければならないのだ。

まじめで優秀な隊員たちと資材とをつんだ宇宙船は、虚空の旅をつづけ、やがてジフ惑星へと着陸した。隊員たちは、景色を眺めて歓声をあげた。

「なんという、すばらしい星なのだろう。あたりには美しい花が咲き、そのむこうには、静かな緑の森がある」

「さらに遠くには、青い山々が見える。なによりも気持ちがいいのは、ほかに人影がみあたらないことだ。大ぜいの人でごみごみした地球にくらべると、まったく、天国としか言いようがない」

みなは口々に、うれしさを話しあった。だが、隊長はさすがに使命を忘れず、命令を下した。

「さあ、さっそく仕事にかかろう。宇宙船につんできた資材を、運び出せ」

「はい……」

隊員たちは従いかけたが、その場で足をとめ、鼻での呼吸をくりかえした。どこか

らともなく、いいにおいがただよってきたのだ。それは料理のにおいだった。

「おれの気のせいかな。うまそうな、においがするが……」

「おれの鼻にも、におう。すぐ近くからのようだ」

みなは仕事にかかるのをやめ、周囲をさがした。においのもとは、すぐみつかった。一枚の白い布が、野原にひろげられてある。その上に、いくつもの大きな銀の皿が並んでいた。もちろん、皿だけではない。肉や魚や新鮮な野菜などを使った、豪華な料理が、それに盛られているのだ。

地球の一流レストランでも、めったにお目にかかれないような高級な料理であり、しかも量が多かった。皿のまわりには、グラスにつがれた酒もあった。これらの料理や酒から、かおりがたちのぼり、みんなの鼻を刺激したのだ。

しかし、この無人のはずの惑星に、このようなものが存在するとは、どうにも信じられない現象だった。思わず近よりかける隊員たちに、隊長は大声で言った。

「みな、注意しろ。これはただごとではない。警戒心をゆるめるな」

強い命令だったが、隊員たちにとっては従いにくいことだった。地球を出発して以来、単調きわまる宇宙食ばかりを、あてがわれてきている。宇宙食にはあきあきしていた。もっとも、普通の場合なら、使命感と自制心とによって、それに耐えることはできる。

しかし、こう実物を目の前に出されては、誘惑に抵抗しがたい。さらに、まわりの美しい景色も、食欲をかきたてる。ついに一人の隊員はがまんしきれなくなり、ふらふらと近づき、手を伸ばした。

そのとたん、料理の皿も、酒も、すべてが消えてしまった。あとには草があるばかり。においも残っていない。みなは顔をみあわせた。

「幻影だったようだ。宇宙の旅に疲れた、われわれの心がうみだした幻だったのだろう」

「しかし、それにしても、うまそうな料理だったな。おれの目と鼻とには、印象が強く焼きついてしまった。口にはまだ唾液《だえき》がたまっているし、胃は音をたてている」

隊長は、また命令を下した。

「さあ、幻覚のことは忘れて、仕事にかかろう。われわれには、任務がある」

しかし、みながなにかをはじめようとすると、その料理の幻が現れるのだった。各人が分散して、仕事をはじめようとすると、それぞれの隊員のそばに現れる。そして、いかにもうまそうな形とにおいとで、誘惑するのだ。幻影とはわかっていても、つい手を伸ばしてしまう。だが、その瞬間に消えてしまい、苦笑いしてわれにかえると、また現れるのだ。

それだけのことで、直接の危険があるわけではないのだが、まるで仕事にならなかった。日数がたっても、なれるどころか、いらいらした感情は、ますますひどくなる。不眠症になる者もあった。宇宙食がのどを通らなくなり、栄養不良になる者もあった。幻の料理を追って、さまよいつづける者もあった。建設の計画は少しも進まない。

ついに隊長は、いちおう地球へ戻ることにした。ノイローゼ状態の隊員たちを乗せ、宇宙船は地球に帰還した。

第一次の隊は、かくのごとく失敗に終った。だが、基地建設の計画を、あきらめるわけにはいかない。といって、べつな隊員を送りこんでも、同様な結果になることだろう。


会議が重ねられ、作戦がねられ、第二次宇宙船が出発していった。これには腕のいい料理人が乗組み、最高級の料理材料や酒がつみこまれた。そのために宇宙船はより大型となったが、やむをえないことだった。なにしろ、ほかに方法がないのだ。隊員たちの心を料理の幻から守り、平静に保つには、それに匹敵する現実の品を作って与えなければならない。

このような準備のもとに、第二次の宇宙船はジフ惑星に着陸した。まず、着陸祝いもかねて、料理人は腕をふるった。いい酒もつがれ、みな充分に満足した。これならもう、幻が現れても、気を散らされることはない。

しかし、その時、どこからか美しい歌声がしてきた。心をとかすようなメロディーだった。みながそちらに目をやると、若く美しい女性の姿があった。均整のとれた魅惑的なからだで、それがはっきりとわかるような薄い布の着物をまとっている。目は情熱的で、口もとには微笑があり、歌を口ずさんでいるのだった。

隊員の一人は、隊長がとめるのもきかず、かけだしていって抱きついた。いや、本人は抱きついたつもりだったのだが、とたんに、その姿は消えうせた。

これをきっかけとし、美女の幻はいたるところに出現しはじめた。手でふれようとすると、たちまち消え、あきらめるとまた出現する。手におえない幻だった。

資材を運ぼうとすると現れ、組みたてようとすると現れる。気を散らさないためには、目をつぶらねばならず、目をつぶっては仕事にならない。また、目をつぶっても、耳には歌声がはいってくるし、耳に栓《せん》をしても、心をそそる体臭がする。

建設作業は少しも進展せず、またノイローゼ患者が続出した。第一次よりもっとひどかった。隊長は彼らを宇宙船に収容し、地球へとひきかえした。

第三次の宇宙船は、さらに大型なものとなった。料理人と材料のほか、よりすぐった美女たちが同行したのだ。大変なむだにはちがいないが、それくらいの犠牲を払っても、ジフ惑星には基地を建設する価値がある。

かくして、万全の準備と自信を持って乗りこんだのだが、着陸と同時に、またも予期しなかった事件が発生した。

あらたな幻が現れたのだ。宝石の幻、ミンクのコートの幻、美しい服の幻、上等な化粧品の幻などが出現した。男の隊員たちは平気だったが、女性たちとなると、そうはいかない。彼女たちは不平を言い、不満を叫び、泣き声をあげた。

例によって、幻は手にとろうとすると消え、あきらめると現れる。彼女たちにはさんざん悩まされた。地球へ帰りたいとだだをこね、ヒステリー状態におちいった。男の隊員たちは、それをおさえ、なだめることに専念しなければならず、仕事どころではなかった。

第三次の宇宙船も、なんらの成果をあげることなく、むなしく地球に戻らねばならなかった。

第何次かの宇宙船は、ものすごく巨大なものとなった。料理や美女はもちろん、あらゆるぜいたく品、遊び道具、なにからなにまで、最高級のものがつみこまれたのだった。スポーツカーもあり、モーターボートもあり映画のフィルムも大量にそろえ、ゴルフ用具からルーレットまで含まれていた。

これなら、いかなる幻にも対抗できるはずだった。そして、大きな自信のもとに、ジフ惑星へと着陸した。

もはや、なんの幻も出現しなかった。すべての幻が消えていた。料理の幻も、美女の幻も、宝石の幻もなくなっていた。しかし、それとともに、もっと大きな幻も消えていたのだった。

海も川も山も、また森も野原も消えていた。わずかの水も流れていず、花ひとつ咲いていなかった。ただ、灰色っぽい岩ばかりが、単調にひろがっている。だれかがその岩を分析してみたが、有用な鉱物はなにひとつ含まれていなかった。

万能スパイ用品

秘密情報部員のエヌ氏は、上司の呼出しを受けて出頭した。

「こんどの任務は、なんでしょうか」

「重要な仕事だ。対立国に侵入し、ミサイル関係の秘密を調べてきてもらいたいのだ」

「相棒はだれでしょうか」

「きみひとりだ。しかし、これを持っていけば、数人前の働きができる」

上司の出した品を見て、エヌ氏は言った。

「カメラですね」

「ただのカメラではない。わが秘密研究所で開発した、すばらしいものなのだ」

「ダイヤルのようなものが、ついていますね」

「そうだ。その合わせ方をよく覚えておいてもらわねばならぬ。まず、ここに合わせるとラジオが聞ける。つぎの目盛に合わせると、無電器となって、ここの本部と通信ができる。そのとなりのに合わせると、聴音器となる」

「聴音器とはなんですか」

「小さな音を拡大するしかけだ。こうして壁につけると、となりの部屋の会話が聞ける。また、眠る時に枕もとに置いておけば、忍び寄る足音も大きくなるから、すぐに目がさめ、不意うちされなくてもすむというわけだ」

「だけど、大ぜいに襲われたら、どうしましょう」

「その時は、ここにダイヤルを合わせると、薬の粒が出てくる。それを口に入れて、ここに目盛を合わせる。すると、強い眠りガスが発生し、たちまち相手は倒れてしまう。しかし、薬を飲んでおけばガスの作用を受けず、眠くならないですみ、脱出できる」

「テレビは見えないのですか」

とエヌ氏は思いついて聞いたが、上司はまじめな顔で首を振った。

「おいおい、遊びに出かけるための道具ではないのだぞ」

「そうでしたね」

エヌ氏は頭をかき、上司はダイヤルの説明をつづけた。

「さて、ここからは万能合鍵《あいかぎ》が出てくる。また、目盛をここに合わせると、金属をとかす液が出てくる。この二つの作用で、たいていの金庫は開けられるはずだ。そして、ここからは絶縁性の電線切りが出てくる。非常ベルの線を切断するためだ」

「すばらしい性能ですね。秘密書類を手に入れることができるでしょう」

「ここを引っぱると、細いがきわめて丈夫な長い針金が出てくる。これをつたって高いビルから降りることもできる」

上司に説明され、エヌ氏はやってみた。一端を天井にひっかけ、カメラにぶらさがってみたが切れなかった。ためし終ってボタンを押すと、針金はもとにおさまった。

「やり方はわかりました」

「なお、ここに出る数字は、気圧だ。天候の変化を予測することができる」

「それにしても、大きなレンズですね」

エヌ氏はあらためて感心し、上司はとくいそうに説明した。

「万能レンズといっていい。これがまた、いろいろな役に立つ。こうのぞくと望遠鏡になり、目盛をこっちに合わせてのぞくと、顕微鏡になる。ここを押せば懐中電灯となって、遠くまで照らせる。そして、こうすれば幻灯器となる。やってみせよう」

上司は壁にむけて点灯した。エヌ氏の姿が壁にうつった。

「なるほど。敵はまちがって、このほうにむかって銃をうつでしょう」

「さて、金が必要になったら、このボタンを押すのだ。このような容器が出てくる」

上司はやってみせた。容器を傾けると、宝石が五つばかり手のひらの上に出た。エヌ氏は目を丸くした。

「きれいですね」

「相手を買収する時に使えばいい。いい気になって、女の子に気前よくばらまいたりするなよ」

「わかっていますよ」

エヌ氏がうなずくと、上司はべつな機能の説明にうつった。

「このボタンを押すと、電気カミソリとして使える。敵に追いつめられたら、これで髪の毛をかって坊主頭になれ。一時的だがごまかせるだろう」

「よくも、各種の性能を組合わせたものですね。それで全部ですか」

「まだある。ここをくわえて水中にもぐれば、酸素が発生して、しばらくは大丈夫だ。また、いよいよという場合には、この二つのボタンだ。一つを押して投げれば手榴弾《しゅりゅうだん》となり、もう一つを押せば時限爆弾として使えるのだ」

上司の話を聞き終り、エヌ氏は感激した声で言った。

「わかりました。なんとすごいカメラなのでしょう。これだけの新兵器があれば、任務をやりとげてごらんにいれます。相手の秘密のすべてを、撮影してきましょう。で、撮影の時には、どうすればいいのですか」

この質問に、上司は困ったように答えた。

「なるほど、その問題が残っていたな。そこまでは、気がつかなかった。その性能は、ないそうだ。仕方がない。わたしの、腕時計型カメラを貸してあげよう」

陰謀

ある動物園のなかに、一頭のゾウが飼われていた。そのそばに、いつのころからかハトの一群が住みついた。これには理由がある。見物人がゾウに投げ与えるエサ、そのおこぼれをちょうだいすれば、労せずして食にありつけるからだ。

まことに気楽な生活であり、たわいない雑談をしていれば、一日がすぎていく。しかし、ひまを持てあまし、ふつうの話題にあきてくると、議論はしだいに過激な方向へと進みはじめた。

「どうもおれは、あのゾウというやつは虫が好かん」

「まったくだ。ずうたいの大きいやつは、尊大でいかん。われわれの存在を、無視しているような態度だ」

ハトたちは不満をくすぶらせた。これはゾウのおこぼれで食っている屈辱感からきたものだが、だれもそれをみとめたがらず、口にもしなかった。ゾウの悪口をいう以外に、その処理法はなかったのだ。

「ひとつ、みなでいっせいに飛びかかり、くちばしで突っついてやろう。団結と奇襲をもってすれば、勝てないことはない」

軽薄な一羽が興奮して叫んだが、ほかのハトがとめた。

「それはむりだ。もっといじの悪い、巧妙な手段でやっつけてやろうではないか」

ハトたちは、どうすべきかを相談した。陰謀の計画を練るぐらい、世に楽しいことはない。連日、策をたてるのに熱中した。やがて名案がまとまり、代表のハトがゾウのそばへ行き、もっともらしく話しかけた。

「偉大なるゾウさま。あなたこそ動物の王でございましょう」

「そうかね、ありがとう」

「それなのに、人間に飼われて満足しているとは、なさけないではありませんか」

「そんなことは、いままで考えもしなかった。しかし、いわれてみると、そうかもしれぬ」

「いまこそ目ざめて戦うべきです。人間よりからだは大きく、力は強く、頭脳も大きく、鼻もあるではありませんか。負けるはずは、ありません。その実力を示すべきです」

ハトの陰謀は、気のいいゾウをおだてて、あばれさせる点にあった。そして人間にやられるのを見物し、笑いものにしようというのだ。そうなれば、より大きい屈辱にまみれるのはゾウであり、自分たちではなくなる。

しかし、ちょっとした誤算があった。ゾウが予想以上にひとがよかったのだ。ゾウは本気でそう思いこみ、頭はさえ、体内に力がみなぎった。かこいをけやぶり、町へあばれだし、目にふれるもの、鼻にふれるもの、すべてを破壊しはじめたのだ。数発の銃弾をくらって、息をひきとるまでやめようとしなかった。

だが、いずれにせよ、ハトたちにとっての長い屈辱の日々は終りをつげた。祝福すべきことではあったが、ハトたちは生存競争のはげしいよそでは暮らすことができず、数日のうちに、みな空腹のため悲しく死んでいった。

歓迎ぜめ

「艇長。あの星ですね。だいぶ近づいたではありませんか」

乗組員たちは、宇宙船の窓の外を指さして口々にさけんだ。

「ああ、まったく長い旅だった。地球を出発してから、なんの変化もない宇宙の旅を、みなよくしんぼうしてくれた。さあ、そろそろ着陸の準備をはじめよう」

艇長はこう言い、宇宙船内は久しぶりに活気があふれた。気密服の点検をする者、調査用の器具を整理する者、武器の手入れをする者。そのうちに、観測室から、いきごんだ声が伝わってきた。

「艇長、スペクトル分析によると、あの星には水も酸素もあるようです」

「そうか、それなら生物もいるかもしれぬ。ことによったら、ある程度の文明をもった生物がいるかもしれない。調査が楽しみだな。われわれも、広い空間を越えてやって来たかいがあったというものだ。まもなく人類にとって、未知の経験に接することができるのだ」

その星は窓の外で大きくひろがり、宇宙船は着陸態勢にはいった。

「よく注意しろ。攻撃を受けることがないとは限らない。レーダー係は警戒をおこたるな」

「はい、充分に注意します」

緊張のうちに高度は下がった。だが、心配した攻撃もうけなかった。

「あっ、艇長、町らしいものと、そこで動いているものが認められます」

「そうか。ある程度の文明が、あるのだな。よし、あまり驚かせては気の毒だ。あの海岸地帯に着陸し、それから町に向かうことにしよう」

宇宙船は艇長の指示した地点をめざし、軽い衝撃とともに着陸が完了した。ほっとした隊員たちに、観測室からのスピーカーの声が流れた。

「ただちに大気を分析しましたが、呼吸可能です。気密服の必要は、ありません」

「しかし、バクテリアや放射能はどうだ」

「いずれも有害な物はありません。よく検査しました」

「そうか。この重い服をつけないですむのは、大助かりだ。さあ、出よう」

艇長の命令のもと、二重ドアは静かに開いた。隊員たちは、つぎつぎに外へ出た。

「赤っぽい砂ですね。それに、海の色が緑色とは変わっていますね」

「おそらく太陽の光のせいか、海草のためだろう。まあ、その調査はあとにして、まず、さっき見た町へ行こう。どんな文明があるかに、最も興味がある」

隊員たちは、小高い丘に進みはじめた。

「気をつけろ。どんな住民か、わからないからな。おい、おまえは偵察だ。先に行け」

「はい」

と、ひとりが熱線銃をかかえて先に進んだ。みなは警戒と好奇心にみちた目をあたりにくばりながら、あとにつづいた。

とつぜん、激しい金属音が響きわたった。熱線銃が発射されたのだ。隊長は聞いた。

「おい、どうした。なにかあったのか」

「はい、住民たちが、大ぜい集まっていたので……」

と丘の上から偵察が答えた。隊長は、それをたしなめた。

「むちゃなことをするな。攻撃もされないうちに撃つとは。それに万一、相手がそれ以上の武器を持っていたらことだ。これをきっかけに、なにをされるかわからんぞ」

「わかっています。もちろん、ねらって撃ったわけではありません。おどしです。ごらんなさい、たいした連中じゃありませんよ。あんなやつらには機先を制して、こちらの実力を示しておくほうがいいでしょう」

この答えは、たしかだった。丘の上にかけ上がった隊員たちは、二本足で立ってはいるが、長いしっぽを持った、人間の半分ぐらいの身長の住民たちのむれを見た。住民たちは、隊員たちと熱線銃にあたって焼けた植物とを見くらべ、おどおどした様子をしていた。

「なるほど、たいした住民ではなさそうだ。だけど、かわいそうに、びっくりしたらしいじゃないか。これから、やつらに心配するなと伝えるのにひと苦労だぞ」

「そうですね。言葉は通じっこないし、身ぶりだって、簡単には通じるとは思えない」

だれにも名案は浮かばず、隊員たちは立ったまま考えこんだ。しかし、その時、住民たちのほうに動きがおこった。

「あっ、なにかを地面におきましたよ。なんでしょう」

隊員たちが見まもるうち、住民たちはぞろぞろとあとにさがった。隊長は双眼鏡をのぞきながら命令した。

「よし、行ってみよう。よくはわからないが、どうせ、そう恐るべきものではないだろう」

みなは、それでも注意しながら近づいた。

「さっき、やつらのひとりが、われわれに見えるように、これをつまんで口に入れていましたから、食べ物かもしれません」

「おそらくそうだろう。われわれがこれを食べてやれば、あるいは親しみをますきっかけになるかもしれない。しかし、毒がはいっていないとも限らぬ。よく調べてみろ」

と言う隊長の注意で、隊員のひとりは携帯用の分析器を操作した。

「よく調べましたが、われわれに害のある成分は含まれていません。大丈夫です」

そして、そのダンゴのようなものを一つつまみ、口に入れ、ほおをたたきながら言った。

「うまい。案外いい味ですよ」

ほかの者も、それを手に取って食べた。

「ああ、こいつはいい味だ」

みなが食べるのを見て、住民たちは歓声をあげた。その歓声には、うれしそうな響きがこもっているように思えた。

「やつらは喜んでいるらしい。われわれをもてなす、つもりだったのだな。熱線銃でおどかして、悪かったかな」

「いや、熱線銃の威力を見て、神が現れたと思ったのだろう。そして、捧《ささ》げ物が受け入れられたので、喜んでいるのさ」

「そうかな。しかし、神さまへの捧げ物にしては、量が少なすぎるようだぜ」

隊員たちは笑い声をあげた。恐るるに足りない相手とわかり、歓迎されているらしいと知って、いくらか緊張もやわらいだ。

「さて、こっちでも敵意のないことを示してやりたいが、どうでしょう。この熱線銃を捨ててみせたら」

「それは、ちょっと早すぎるだろう」

「しかし、われわれは、たいていの物をはねかえす防御服を下につけているし、まだ麻酔銃もピストルもあるんです。やつらは熱線銃については、その威力を見て知っています」

そこで、熱線銃に厳重な安全装置がかけられ、地面におかれた。それを見て、住民たちは歓声をあげ、さっきのようにまたあとにさがった。

「見ろ。また、捧げ物だぞ」

みなは、またも住民たちのおいた食物に近づいた。

「こっちの友好的な気分が通じたらしい。だが、油断はするな。慎重に検査をするんだ」

検査を終え、隊員たちはそれを口に入れた。前よりも味もよく、量も多かった。みなは、たちまち食べ終えた。

「やつらのほうの警戒心も、少しずつ薄れているのだろう。ああ、うまかった」

それにつづいて、ひとりは笑いながら言った。

「もっと食べたい。どうでしょう、こんどは麻酔銃やピストルも捨てましょうか」

「ばかなことを言うな。やつらにはそれが武器とわからないんだから、そんなことをしても意味がないぞ」

その期待は、まもなくみたされた。住民たちは、またも食物をおいてあとにさがった。

「やつらは食物を出すことで、歓迎の気持ちを示しているつもりなのだろう。われわれはそれを食べることで、敵意のないことを示そう」

「いいですね。ずっと宇宙旅行用の合成食ばかりで、いささか、あきあきしていたところです。食べて親しみがますのなら、おやすいごようです」

もちろん、食べる前の検査はおこたらなかったが、その気づかいも不必要に思えた。味はさらによくなり、量もふえた。

住民たちは、楽しそうなようすで、つぎつぎと食べ物を運び、ひきさがりながら、みなが食べるたびに歓声をあげた。

「あんなに喜んでいますよ」

「いいことだ。この星の住民は、みないい連中のようだ。いずれ、言葉が通じあうようになるだろう。そして、やつらもわれわれの文明の恩恵に、浴するようになるだろう。また、この星の資源も、われわれの報告によって開発されるのだ」

と、隊長は言った。みなは食べながら、こう語りあった。

「ますます味がよくなってくる。これで親善に役立つのなら、それこそ、こんなうまい話はないな」

「だが、心配なのは腹がいっぱいになったら、それから先、どうやって親善を示すかだ」

「おれはまだまだ食えるぞ。おまえが食えないのなら、おれが食ってやるから心配するな」

「なに、おれだってまだまだ食えるさ。さあ、こんどはどんな味だろう」

隊員たちは先を争うように、足並みを早めて、つぎの食物にむかってかけ出した。
とつぜん、地面がくずれ、深い落し穴がみなを迎えた。

接着剤

エヌ氏は、接着剤の研究をやっている。ある日の夕方、友人がたずねてきて言った。

「ずいぶん熱心にお仕事をしておいでですが、そのご、進展しましたか」

「ええ、しましたとも。新しい接着剤を、開発しました。これまでなかった、たぐいのものです」

友人は好奇心を示した。

「ぜひ、その性能を拝見したいものですね」

「いま、ごらんにいれましょう……」

エヌ氏は何本かのビンを持ってきた。なかには、粘性のある液体が入っている、それを示しながら言った。

「これですよ。いや、じつに苦心しました。アイデアの段階もさることながら……」

「まあ、苦心談はべつな機会にして、どんなものか早く教えて下さい」

「いいですとも」

エヌ氏は刷毛《はけ》を使って、その液体を机の上にあった電話機にぬった。友人はふしぎがって質問した。

「なんで、そんなとこにぬるのです」

「性能を示すためですよ。さあ、受話器をとってごらんなさい」

友人は試みた。受話器は電話機にくっついたままだ。ぬってすぐなのに、ぴったりと接着し、力をこめてもはなれない。

「すばらしい接着力ですね」

「ええ、こんなのは序の口で、大変な力です。建築工事に使っても、大丈夫です」

「感心しました。しかし、そんなもので電話機をくっつけてしまって、いいのですか」

友人は首をかしげた。そのとたん、電話機がなりだした。どこかからか、かかってきたらしい。ベルの音を聞きながら、どうなるのかと友人は、はらはらした。

しかし、エヌ氏はあわてることなく受話器をとって、かかってきた相手と話をした。あんなにかたくくっついていたのに、これはどういうことだ。友人は、幻覚でも見ているような気分で眺めた。そして、電話がすむなりエヌ氏に聞いた。

「どういうわけなのです」

「これが特徴なのですよ。すなわち、時限接着剤とでも呼ぶべき性能なのです。いまのは、五分間有効の種類でした。ぬってくっつけてから五分間は絶対にはなれませんが、その時間がすぎると、このように簡単にはなれるのです。もちろん、時間はいろいろ調節できます」

「なるほど。たしかに、これまでなかった性能のものですね。で、どんな利用面があるのですか」

エヌ氏は考えながら話した。

「完成したばかりで、それは今後の課題というわけですが、多方面に利用できると思います。たとえば住宅です。住宅というものは建てる前はよく考えたつもりでも、いざ住んでみると、さまざまな不便を感じ、建てなおしたくなるものです」

「そういえばそうですね」

「しかし、この接着剤で家を建てておけば、一年なら一年目に、好きなように改造できるわけです。土木工事でも同様、橋をかけてしまってから、もっと下流にかければよかったとか、美観に欠点があったなどとなっても、一年目につけかえられます。つまり、試験期間が持てるようになるのです。これこそ、流動的な未来社会にぴったりの接着剤です」

「経済的でもあるわけですね」

「もっと日常的なことでは、事務室や金庫の扉の鍵《かぎ》にも利用できましょう。退社時間から出社時間までの接着剤をぬっておけば、絶対に盗難にあいません」

「各種の用途があるものですな」

友人はすっかり感心した。その時、ドアをあけて、怪しげな人物が入ってきた。黒い眼鏡をかけ、手に刃物を持っている。その男は言った。

「いまの話は物かげですっかり聞いた。便利なものだな。その製法の書類を、こっちによこせ」

「いったい、あなたはだれだ」

「言わなくてもわかるだろう。悪党という分類にはいる者だ。それは悪事に使っても、大いに役に立ちそうだ。道にこぼせば、追跡のパトカーを好きな時間だけ、足どめさせることができる。塀に足場をくっつければ、どんな家でも、あとに証拠を残さず侵入することができるだろう」

「や、そんな利用方法も、あったわけか。こっちはひとがいいので、少しも気がつかなかった……」

エヌ氏はくやしがり、強盗はとくいになった。その相手のすきを見て、エヌ氏はビンのひとつを手にし、投げつけた。それは強盗の足もとで割れ、なかの接着剤がかたまり、足を床にくっつけた。靴のなかにも液が入ったらしく、いかにもがいても動けない。強盗は悲鳴をあげる。

「助けてくれ。もう悪いことはしない」

「いまさらそんなこと言っても、おそいよ。これが犯人逮捕にも使えるとは、新発見だ」

エヌ氏は警察に電話した。かけつけてきた警官は、犯人に手錠をかけながら、言った。

「妙なものでつかまえましたな」

「わたしの開発した、接着剤なのです」

「そうでしたか。さて、この犯人を連行したいのですが、どうしたらいいのですか」

警官は押したり引いたりしたが、犯人の足は床からはなれない。エヌ氏は言う。

「たまたま手にふれたビンを投げたのです。はて、どれぐらいの時間のやつだったかな。ところでこの強盗、どれくらいの刑を受けるのでしょうか」

「さあ、三年の懲役ぐらいでしょう」

と警官は答え、エヌ氏はビンの破片を調べてから言った。

「それはちょうどいい。これは三年間接着のものでした。つまり、三年間は絶対にはなれないのです」

「それはそれは……」

異例のことで警官は困ったが、連行のしようがない。また、裁判を開くことも、刑務所に送ることもできない。特例によって、犯人は刑をまぬがれた。

そのあとエヌ氏は部屋を少し改造し、強盗を受付け係にした。職場をはなれてなまけるわけにはいかず、忠実な受付けになった。いいかげんな働きだと食物をもらえないので、忠実ならざるをえない。強盗は夜になるとそこで横になって眠り、時々からだを洗い、毎日をすごす。好ましい生活ではないが、悪事のむくいで仕方のないことだ。また、三年を刑務所ですごすことを考えれば、大差ないといえるだろう。

なぞの贈り物

その青年は部屋のなかでねそべっていた。安っぽいアパートの、せまい一室だった。内部はそう乱雑でもなかった。なぜなら、ほとんどなにもなかったからだ。なにもかも、売っぱらってしまった。とっておきの上着さえ売りはらい、一昨夜の夕食になってしまった。それ以来、口に入れたものは水ばかり。動くと腹がへるので、じっと横になっているのだった。

青年は、自分ほどあわれな人間はいないのではないかと考えた。現在がそうであるばかりか、これまでもずっとみじめだった。

子供のころ、彼の母は自動車事故で死んでしまった。また、彼は生まれつき頭のいいほうではなく、大学にはいるのに三年も浪人をした。やっと入学したと思ったら、父親が仕事で失敗をし、大学の月謝をアルバイトでかせがなくてはならなくなった。そのうち、過労のため父が死んだ。あとに残ったのは、借金ばかり。

それでも、なんとか大学は出たのだが、あいにくと世の中が不景気で、大変な就職難。苦心して勤めたとたん、在学中の無理がたたって病気となる……。すべて、こんな調子だった。いまは失業中。なんとかしなければと、役所や知人やあらゆるところをたずね、あわれな話をくりかえしたが、どうにもならない。ついに、最悪の事態におちいってしまった。

見るに見かねて、アパートの主人が言った。

「どうだ、選挙演説のサクラをやらないか。勤め人ふうのかっこうで、候補者のそばで拍手をしてくれればいい。たいした金にはならないが、からだは疲れないですむ」

「ありがとうございます」

青年は引き受けたが、よく考えてみると、着ていく服がない。完全にゆきづまった。もはや、奇跡でも起こってもらう以外にはない。

青年はぼんやりと立ちあがり、なにげなく押し入れをあけた。その時、奇跡が起こった。そこにはなにひとつないはずなのに、一着の服があったのだ。いったい、なぜ……。

まるでわけがわからなかったが、ありがたいことだった。青年は着てみた。なんとか、からだに合う。さっそく部屋を出て、たのまれていたサクラの仕事をやった。

そして、いくらかの金をもらうことができた。ほっとして、彼は帰りかけた。その途中、ぐあいの悪い相手につかまった。借金をしている人だ。相手は青年を見つけ、声をかけた。

「おいおい、いい服を着て、景気がよさそうだな……」

「いや、これは……」

説明に困ってまごまごしていると、ポケットをさぐられ、せっかくもらったばかりの金を、取りあげられてしまった。

やれやれ、もとのもくあみだ。今夜も食事抜きになりそうだ。服を売りたいが、あすの仕事にさしつかえる。すきっ腹をかかえて部屋に帰り、服を押し入れにしまおうとした。

なんと彼はそこに食事を発見した。スープとパンと、甘いジュースだった。青年はそれに飛びつき、口に入れた。味がよかったことに気がついたのは、食べ終って人ごこちがついてからだった。

それから青年は、服や食事の出現した原因を考えてみようとした。さっぱり、わからない。いままでがあまりにあわれだったので、神が助けてくれたのかもしれないと思った。ほかに考えようがない。

つぎの日の朝、青年が目ざめると、頭痛がしていた。かぜをひいたらしい。薬を買う金はなく、仕事には行かねばならない。彼はひそかな期待とともに、押し入れをあけてみた。

そこには、薬の錠剤らしきものがあった。飲んでみると、頭痛はすぐに消え、かぜはなおり、出かけることができた。

なぜ押し入れの中に、こうもつごうよく、さまざまな品があらわれるのだろう。原因はわからないが、幸運であることはまちがいなかった。青年はこの秘密を、だれにも話さないようにしようと思った。そっとしておけば、もっとすばらしい品が出てくるかもしれない。

そのつぎの朝、彼は胸をおどらせながら、押し入れをあけた。こんどはそこに、大きな箱があった。一辺が一メートルぐらいある。なにがはいっているのだろうか。あけてみると、金属製のものと、説明書のようなものがはいっていた。説明書といっても字は書いてなく、組み立て方が図示してあっただけだ。

青年は部屋のドアにかぎをかけ、好奇心とともにその作業にとりかかった。仕事が進むにつれ、ひとつのロボットができあがった。手足は細く、なかなかスマートな外観だった。

依然として出現の理由はわからないが、いままでの例から考えて、いい贈り物にちがいない。青年は、話しかけてみた。

「どこからやってきたのだ」

「未来からです」

とロボットは答えた。それによって、先日からの一連の現象が少し理解できた。すべての品は、必要を見こしたような出現のしかたをしていたようだ。

「なにをしにやってきたのだ。ぼくの手伝いをするために、送られてきたのだろうな。ありがたいことだ。さて、なにをまずたのむとするかな」

「いいえ、あなたをつかまえにきたのです」

ロボットはこう言い、そばにあったヒモで、呆然《ぼうぜん》としている青年をしばりあげてしまった。反抗しようにも、いやに力が強かった。青年は、やっと言った。

「こんなことをされる覚えはない。なぜ、つかまえられなければならないのだ」

「あなたが必要だからです。それが理由であり、わたしはそのために派遣されたのです」

「さっぱりわからん。あの、服や食事が出現したのはなぜだ」

「一種のワナです。むかしスズメをつかまえるのに、えさを点々と並べ、スズメが安心して進んでくると、さっとカゴをかぶせる方法がありました。それを時間的に変えたものです。あなたはまんまとひっかかり、わたしを組み立ててしまった。もう逃げられません」

「どうやって、未来に連れてゆくのだ」

「まもなく箱が現れます。それにはいると、自動的に未来へ行けるのです」

どうやら本当のようだった。あわれきわまる生活の連続で、なごり惜しい現代ではない。とはいうものの、知りあいのひとりもいない時代へ行くとなると、決心をつけかねた。

「どうだろう。二日ほど考えさせてくれ。見おさめのために見物しておきたいし、あいさつ回りもしたい」

声が大きくなる青年の口を、ロボットは押さえながら言いわたした。

「だめです。あなたは、あしたの夜、足を踏みはずして川に落ち、おぼれ死ぬ運命になっているのです。そんなことになるより、このまま未来へ行ったほうがいいはずです」

「そうきまっているのか」

「ええ。だからこそ、あなたが目をつけられたのです。あなたをさらったところで、歴史が大きく変わることもありませんからね。さあ、出かけましょう」

押し入れのなかに、金属製の箱があらわれた。ロボットはそのなかに青年を押しこみ、自分もはいりながら言った。

「この箱が突然に出現したら、あなたは警戒して、はいろうとはしなかったでしょう。だから、わたしの出現も必要だったのです。また、わたしが完成した姿であらわれ、他の人に見られたら、ひとさわぎです。部品で送られれば、あなたはひそかに組み立ててくれるはずでした」

「まったく、うまい作戦だな」

青年は覚悟をきめてうなずいた。どういうしかけになっているのかは不明だが、しばらく軽い震動がつづいた。時間の流れのなかを飛んでいるのだろう。

箱から出ると、そこは未来だった。広いホールで、床も天井も美しいプラスチック様の物質でできていた。窓から外を見ると、整然とビルが並び、空を精巧で小型な乗り物がたくさん飛び回っていた。なにもかも豊かな世界のようだった。

やがて、上品な人物がやってきた。ゆるやかな服を着ている。あくせく労働のたぐいをしなくてもいいのだろう。その人物は、青年のヒモをほどきながら言った。

「よくおいでくださいました。事情はロボットからお聞きでしょうが、わたしたちはあなたを、喜んでお迎えいたします」

「なんで歓迎されるのかわからない。ぼくは、なんの才能もない、役にたたない人間ですよ」

「そんなことは、ありません。テレビに出演していただければ、いいのです。そして、あわれな話をしてください。わたしたちは豊かななかで暮らしているので、そのたぐいの生活を知らないのです」

青年はしかたなく承知した。かつて、金を借りるために、知人たちにむかって何度もしゃべったことのある、あわれな身上話を一席やった。はじめは勝手がちがったが、しゃべり出すと、なれているのでしだいに調子が出てきた。

その反響は、もちろん大変なものだった。だれもかれも、あまりの面白さに大喜びし、青年はそれ以来、何回もしゃべらされることになってしまった。

飲みますか

エフ博士は夜おそく研究室のなかで、ひとり熱心に実験をやっていた。注意ぶかく薬品をまぜあわせている。そこへ強盗が侵入してきた。

「おい、大声を出すな。静かにしないと、拳銃《けんじゅう》の引金をひくぞ」

しかし、博士はそのままの姿勢で言った。

「あなたこそ静かにしてくれ。以前から研究していた新薬が、いま完成するところなのだ。すごい新薬だぞ……」

それから、おもむろにふりむく。

「……さあ、やっとできた。さて、ご用はなんでしょうか。どなたですか」

「のんきな人だね。いいか、おれは強盗なのだ。金をだせ」

「お気の毒だが、あなたはここへ来るのが早すぎた。この薬の発明が売れたあとだったら、まとまった金もあるのだが」

「なんだかすごい薬らしいが、どういうききめがあるのか」

「人生が楽しくなり、いい気分になり、夢のような生活と世界が現実のものとなる。その状態がいつまでもつづくのだ。あなたは、わざわざここへ乗りこんできた。この試作品はまだ一人前しかなく、あげるのは惜しいところだが、なんなら飲んでみますか」

　博士の手の小さなびんには、緑色の液体が入っている。強盗は手をのばしかけたが、そこで考える。

「待てよ。それが強力な睡眠薬ということもありうる。まんまとその作戦にひっかかっては、ばかをみる」

「いらないのなら、ちょうどいい。わたしが飲むとしよう。自分で完成したのだから、最初に飲む感激は自分で味わいたいというものだ」

　博士がびんに口を近づけるのを見て、強盗は小声で叫んだ。

「ちょっと待て」

「なんだ、気が変わって飲みたくなったのか。それだったら、飲ましてやるぞ。ほかに目ぼしいものは、ここにはないのだから」

　博士がさし出したびんを強盗は手にし、眺めながら首をかしげた。

「意味ありげな薬であることは、たしかだな。しかし、いまの話や動作がみんな、真に迫った芝居だったということもありうるな。いい気になって飲み、しまったでは手おくれだし……」

ためらっている強盗から、博士はびんを取りかえして言う。

「うたぐり深い人だな。それなら、わたしが飲むことにするよ。そのあと、わたしをしばるなりなんなりし、金目のものが見つかったら、好きなだけ持っていくがいい」

博士はびんを口にあて、飲みはじめた。それを見て、強盗はすばやく取りあげた。

「どうやら、無害なものらしいな。よこせ、あとはおれが飲む……」

強盗は八分目ほど残っていたのを、みんな飲みほした。しかし、まもなく床に倒れ、かすれた声をあげた。

「からだがしびれて動けなくなった。いったい、どういうことなのだ。おまえは、なんともないのに」

「つまりだな、悪意にみちた精神状態のやつが飲むと、からだがしびれるのだ。善良な人間はなんともない。そういう効果があるのだ。これが普及したら、悪人はへり、夢のような生活と世界が現実のものとなるというわけだ……」

廃屋

夕立ちを降らし終えた夏雲が山脈のむこうに去り、青空のうえに、また強い陽の光があらわれてきた。暑さはパイプ・オルガンの音のように、底力をともなって湧きあがりはじめた。あたりには水蒸気とまざった草いきれがみなぎり、少しはなれた所には、濃い緑にみちた森があった。そのなかからは、限りないセミの鳴声が……

ここは都会からずっとはなれた、ある山すそ。近くには人のけはいはなく、動くものといえば、時おり風で動く夏の花と、飛びかうアブぐらい。

人のけはいはなかったが、森のはずれに一軒の家があった。傾きかけた家で、まわりでは石垣の跡らしいのが苔《こけ》むしていた。

エンジンの音が空気をふるわせ、一台の小型車が細い道を揺れながら走ってきて、そのそばで止まった。二人の青年がおりた。このあたりの地図をひろげ、ひとりが、汗ばんだ指でその上を叩《たた》いた。

「ちょうど、ここを通過することになる」

「変な家があるな。なんだ、これは」

「村の人の話だと、落ち武者が住みついた家だそうだ。もっとも、四百年ほど昔のことだがね。だが、その一族が滅んでからは、亡霊が出るとうわさされ、ずっと住む者も近よる者もなかったそうだ」

「面白い伝説だな。しかし、工事は進めなくてはならない。たかが一軒半日もあれば片づくだろう」

二人の頭で、ヘルメットが白く輝いていた。彼らは土木技師。この山すそをかすめて、高速道路が建設されるのだ。計画は順調にはかどり、道路は近くまで伸びてきていた。耳をすますと、かすかに建設機械の音を聞くことができた。

「なかに、なにかあるだろうか」

「あるものか。だが、のぞいてみるか」

二人は家に近よりかけたが、ひとりが足をとめて、声をあげた。

「あっ」

「どうした」

「屋根から石ころが落ちてきた。ヘルメットをかぶってたので、なんともなかったが」

「古い家だからな。少しの震動でも崩れるのだろう。入っては危い。ブルドーザーを呼んで、取りこわそう」

二人は車にもどり、小型の無線で連絡をとった。

「すぐ来るそうだ。それまで待とう」

車内のクーラーは、ほどよくきいていた。


うす暗く、カビのにおいのこもった家のなかで、かすれたような声がおこった。

「なにものかが、迫ってきたようです」

なにひとつ動かないなかで、べつな声が低く答えた。

「そうか。だが、おそれることはあるまい。われわれが落ちのび、ここにたてこもって以来、四百年ちかく、侵入を許したことはない。そうであろう」

「はい。さきほどの二人は、屋根から落とした石に驚き、ひきかえしていったようです。まず、安心でございましょう」

しばらく声がとぎれ、床下の虫の声だけになった。しかし、はげしい地響きの迫ってくるけはいがして、声たちは、ふたたびささやきあった。

「妙な音が近づいてくる」

「ふしぎな形をした乗物でございます。手ごわそうに思えます。いかがいたしましょう」

「しぶといやつらじゃ。あの枯れかけた木を倒してみよ」

石垣に近づいてくるブルドーザーの前に、木が倒れて横になった。しかし、進むのを止めることはできなかった。

「相手はひるみませぬ」

「では、もっと近づいた時、石垣を少し崩し、押しつぶしてしまえ。いたしかたない」

ブルドーザーの先端が石垣に当ると、石のいくつかが転げ落ちた。しかし、その鋼鉄の車体は、へこみもしなかった。運転していた男は、技師たちをふりむいて言った。

「簡単すぎて、手ごたえがないくらいですよ」

「そうか。作業がはかどるな。よし、つぎは家のほうをたのむ」

技師は作業の指揮をとった。石垣はたちまち崩され、運転手は家にむけてハンドルをまわした。

「敵はいっこうにひるみませぬ」

と、家のなかの声たちは、あわてていた。

「では、木の葉を散らし、セミどもを黙らせて、驚かせてみよ」

やがて、理由もなく何枚かの青い葉が散り落ち、一瞬、セミの声が鳴きやんだ。静寂がただよう。しかし、この不吉なムードも、ブルドーザーのたてる響きと震動のなかでは、少しも意味をなさなかった。

「もはや、防ぎようがありませぬ」

「ひるむな。われらは、この家を守らねばならぬ。扉をかたく閉ざせ」

「立ち退いたほうがいいと存じますが」

「いかん。四百年このかた住みなれたこの家を捨てて、移るあては、ほかに求めようがない」

風もないのに、音をたてて扉が閉じた。だが、ブルドーザーの運転手はそれを気にもとめず、鉄の刃をはげしく家の一角に押し当てた。そして、ちょっと首をかしげた。

「おかしいな。くさりかけた家なのに、意外に丈夫だ」

家は、せいいっぱい抵抗を示していた。しかし、長くはつづかなかった。悲しげな音とともに壁が崩れ、古びた板がはがれ、年月のにおいを含んだほこりが舞いあがった。

鉄の刃は容赦せずに作業を進めた。床下のカエル、天井のネズミ、柱の割れ目の虫やクモが、不意の明るさにとまどいながら、草むらへ、森へと逃げていった。散らされたカビの胞子は、光のなかをどこへともなく流れていった。

「このまん中の柱が、なかなか倒れません」

運転手の声に、技師は指示を与えた。

「馬力を最高にあげて、やってみろ」

ブルドーザーはいったん後退し、エンジンの音をいちだんと高め、勢いをつけてぶつかった。柱は苦しそうな叫び声をあげ、やがて、ついに地面に横になった。

「やれやれ、全部こわれました」

「おい、あそこに古い井戸がある。工事の邪魔にもなるから、このがらくたを集めて埋めてしまってくれ」

「はい。そうしましょう」

壁土、瓦《かわら》、ぼろぼろの木片などが、押されて穴のなかに落ちていった。何回かの往復でその作業は終り、エンジンの音がやんだ。あたりには、静かさがもどってきた。

「さあ、ひと休みするか」

「ええ。明るく、さっぱりした眺めに変わりましたね」

運転手と技師たちは汗をぬぐい、息をついた。その時、技師のひとりが、ちょっと首をふった。

「人の声がしたようだぜ」

「聞こえなかったがな。どんな声だ」

「なにか疲れはて、あきらめ、長い眠りに入るような、ため息に似た声みたいだった。そら耳だろうな」

「陽に当りすぎたせいじゃないか」

「ああ、暑さのせいだろう。いま埋めた井戸のあたりからだったが、そんな音がするはずもないものな」

声は、もはや聞こえなかった。それからみなの話題は、やがて道路が完成して、トラックやスポーツカーなどが、高速で行きかう日のことのほうに移っていった。

宝島

ある日、事業家のアール氏は、秘書をつれて海岸を散歩していた。秘書といっても若い女性ではなく、相当な年配の男だった。しかし、忠実な性格の持ち主で、信用できる人物だった。

アール氏は仕事が一段落し、ひまができたので、休養のためにここへやってきたのだ。海は青く遠くまでひろがり、その上を渡ってくる風は、すがすがしいにおいを含んでいた。海水浴の季節にはまだまがあるせいか、人影はほかにはほとんどない。

「ああ、いい気分だ。いそがしい毎日が、どこか遠くへ行ってしまったようだな」

とアール氏はのびをしながらつぶやき、秘書はうなずいた。

「さようでございます」

「しかし、いつまでも休んでいるわけにはいかない。つぎの事業の構想をねり、それにとりかからなければならない」

「さようでございます」

「だが、そのためには資金を集めなければならない。これには、ひと苦労だな」

「さようでございます」

秘書はさからわず、あとに従って歩いていた。やがてアール氏はふと足をとめ、波打ちぎわを指さしながら、

「あれはなんだろう」

と言った。なにかが日光を受けて、キラキラと光っている。

「はい。調べて参ります」

秘書は急ぎ足で歩いていって、その半ば砂に埋もれている品を掘り出した。それはビンだった。古ぼけていて、栓《せん》がしてある。彼は海水で洗い、持ってきて報告した。

「こんなビンでございました。たいした品ではありません。捨ててしまいましょうか」

アール氏は受け取り、陽にかざしてみた。だが、不透明のため、なかは見えない。彼は手で軽く振ってから言った。

「いや、待て。なかに、なにかが入っているようだ。ちょっと気になる。あけてみろ」

「うすきみわるい感じです。魔神でもでてきたら、どうなさいます」

「それならちょうどいい。金を集めてこいとたのむさ。大丈夫だ。あけてみろ。わたしが責任を持つよ」

たよりない命令だったが。秘書はそれにとりかかった。しかし、きつく栓がしてあって簡単にはとれない。結局、石でビンを割ることにした。なかには紙片が入っていた。秘書はそれを砂の上にひろげ、首をかしげた。

「なんでございましょう」

「うむ。図のようなものが書いてあるな」

と、アール氏ものぞきこんだ。よく見ると、その古ぼけた紙に書いてあるのは、どこかの島の地図らしかった。さらにその一箇所には、意味ありげな十字の印が記されてある。

アール氏は手を叩《たた》き、興奮したような声をあげた。

「うむ。これはすごい物が手に入った」

「なんなのでございますか」

「むかし、海賊が宝をかくした場所を、記録したものにちがいない。信じられないような幸運だぞ」

「それは、おめでとうございます」

秘書はあいづちを打った。しかし、アール氏はまもなく落胆したような表情になり、地図を手に、くやしそうに言った。

「しかし、これだけではだめだ。この島の場所がわからない。これだけでは、手のつけようがない」

「あ、お待ち下さい。その紙の裏にも、なにかが書いてあります」

と秘書に注意され、裏返してみると、そこには島の位置を示す海図が書かれていた。アール氏は、喜びをとり戻した声になった。

「これで完全だ。宝への道は、すべて明瞭《めいりょう》になったわけだ。あとは、出かけていって手に握るだけでいい。こうなったからには、さっそく準備にとりかかることにしよう。おまえもいっしょに来てくれ」

「しかし……」

「この秘密を知っているのは、わたしとおまえだけだ。ほかの者を参加させると、それにも分け前をやらなければならなくなる。苦労は多いかもしれないが、わたしたち二人で分けたほうが、有利というものだぞ」

「さようでございますな」

分け前にあずかれると知り、秘書も目を輝やかせて承知した。

アール氏は、必要な準備に手をつけた。資金を作り、小型だが優秀な船を買い、燃料や食料や水を積みこんだ。また、それと並行して、秘書とともに船の操縦法を勉強した。すぐに身につくものではないが、二人は想像を絶するような熱心さだった。たちまちのうちに、二人あわせればなんとかなるまでに、こぎつけることができた。

すべては完了。やがて出航の時となり、船は港をはなれ洋上へと進みはじめた。なにもかも二人でやるため、船の仕事は相当に忙しかった。しかし、張り切っているので、苦にもならず、疲れも感じない。アール氏は話しかけた。

「どうだ、順調に進んでいるか」

「はい、いまのところ大丈夫でございます」

「しかしだな、こんなにすばらしい船旅というものは、ちょっとないだろうな。わたしたちは胸を期待でふくらませ、少しずつ近づいているのだ。波の音は、わたしへのお祝いの音楽をかなでているようだし、太陽の光は、祝福の視線をそそいでいるようだ。こんな気分は、普通の船旅では味わうことができない。それだけでも、もうけものだ」

平穏な数日がたち、双眼鏡で眺めていた秘書が報告した。

「前方に島が見えました」

地図と対照してみると、問題の島にまちがいないようだった。小さな島で、接近して双眼鏡で観察すると無人島らしい。

「さっそく上陸しよう。シャベルを忘れるな。不要とは思うが、念のため武器を持っていこう。そうだ、お祝いの乾杯をするため、酒とグラスもだ」

こんな大さわぎをしながら、二人は島に上陸した。地形は地図と一致していて、とまどったり迷ったりすることもなかった。

林は緑の濃い葉の樹が多く、ところどころに熱帯の花が咲いている。そして、やがて印に相当する地点についた。注意して調べると、ほら穴がみつかった。

「なにもかも地図の通りだ。この奥で、宝がわたしたちを待っているのだ。胸がどきどきする。さあ、入ってみよう」

アール氏は照明器具をかざしながら入り、秘書もつづいた。しかし、宝をおさめてあるような箱も袋も見あたらない。また、かって宝があったような形跡もない。アール氏は、うろたえたような声を出した。

「ふしぎだ。こんなはずはない。どういうわけなのだろう」

「もしかしたら、だれかが先にやってきて、宝を持っていったのかもしれません」

「いや、あのビンの地図を、わたしたちより先に見た者はなかったはずだぞ」

二人はあきらめきれず、ほら穴のなかを調べまわった。そのうち、秘書が言った。

「ごらんなさい、これを」

「なんだ、なにか見つかったか」

「この壁です」

照明をむけてよく見ると、そこには、べつな島の地図が書かれてあった。やはり、その、ある地点に、印がしるされてある。

「なるほど、そうだったのか。用心深い方法というわけだな。まっすぐには行けないようにしてあったらしい。宝をかくすからには、それくらいの慎重さがなければならない」

アール氏は感心し、元気をとりもどし、それを写しとった。秘書はきいた。

「あとで他人に見られないように、壁のほうは消してしまいましょうか」

「いや、そんな必要はない。宝を先に見つけてしまえば、もう価値はなくなるのだからな。さあ、それよりも出発だ」

二人はふたたび希望にあふれ、壁にしるされてあった島へと船を進めた。しかし、到着したその島の印の場所には宝はなく、発見したものといえば、石にきざまれたまたもべつな島の地図だった。

かくして、アール氏の船はいくつかの島をめぐりつづけた。そのあいだには、海流の激しい海を横ぎったり、岩礁の多い個所をも通過した。ときには強い嵐にもであい、船はかなり傷ついてしまった。また、燃料や食料も、残り少なくなってきた。秘書はいささかねをあげた。

「いかがでしょう。もういいかげんにあきらめたら。これではきりがありません」

「なにを言うか。これだけ手がこんでいるというのは、宝がすばらしいことを意味している。ここで投げ出せるものか。つぎの島には宝があるかもしれない。その寸前で引きあげたりしたら、一生をずっと後悔しつづけなければならなくなるぞ」

「そうはいっても、船を修理しなかったら、沈没するかもしれません。それでは、もともこもなくなってしまいます」

「その点だけは、じつはわたしも心配だ。といって、帰って出なおすのも大変だ。どこか近くに、それをやってくれる港があればいいが……」

期待するのは無理のようだった。しかし、なんという幸運。通りがかりの島に、小さな港があるのを見つけた。

双眼鏡で眺めると店があり、船の修理もするという看板がある。二人はほっとし、そこに船を寄せた。

船を修理することもできたし、食料や水を補給することもできた。いくらか値段は高かったが、この際、問題にするほどのことはない。アール氏は、店の主人に感謝の言葉をのべた。

「いや、おかげで助かりました。これで航海をつづけることができます。お礼のいいようもありません」

「いいえ、船の修理などがわたしの商売です。ありがとうと申しあげるのは、こちらのほうでございます」

と主人は愛想がよかった。そのとき、アール氏はふと気がついたことを質問してみた。

「しかし、こんな小さな港だし、このへんは船の通行が多いとも思えない。よく商売が成り立つものだな」

「そこは宣伝ですよ。わたしの考えた名案のおかげで、お客さまはかなり多いのです」

「どんな方法なのだろうか。ぜひ知りたいものだ」

アール氏は好奇心を高めた。

主人はあっさり承知し、店の奥から印刷物の束を持ってきて示した。それはいずれも古ぼけた地図であり、アール氏が拾ったものと同じだった。

「これですよ。こんなものを、大量に印刷しました。ビンに入れて、どんどん海に投げこんでいるのです。おかげで、けっこう繁昌《はんじょう》しています。宣伝ビラだったと気がついても、自分の愚かさを他人には話せないらしく、いまだにお客さまはつづいています。いえ、あなたさまはちがうでしょうが。では、どうぞ、いい航海を……」

名判決

江戸の町に、七五郎という男があった。まだ独身で、気ままな暮らし。頭は悪くないのだが、働くのは大きらいという性格。いつもねそべって、ごろごろしている。したがって、ひまを持てあましたあげく、妙なことを思いつくという現象がおこる。

「おい、二太郎。おまえ知っているだろう。このあいだ、町奉行の大岡越前守《おおおかえちぜんのかみ》さまのなさった、三方一両損という名判決を……」

話しかけられた二太郎。これは少し抜けたところがある。首を振って、聞きかえす。

「知らねえ。なんのことだ」

「あきれたやつだ。あれだけ評判になったのにな。つまり、こうだ。道で、三両という大金を拾った男があった。落し主をさがしてとどけようと、仕事を休んで、一日がかりでたずねまわった」

「ばかなやつが、いるものだな。その金で、菓子でも買って食べてしまえばいいのだ。おれなら、そうする」

「そこが善人のあさはかさ、というわけだろう。その男、やっとさがしあてて、金を差し出す。しかし落し主は、おれの不注意だ、受け取るわけにはいかない。おまえにやる、と、こういうのだ」

「ばかなやつが、いるものだな。すなおに受け取って、菓子でも買って、食べてしまえばいいのだ」

二太郎、自分のことはたなにあげて、しきりと、ばかなやつだをくりかえす。七五郎は、説明をつづける。

「親切にとどけてやったのだ、受け取れ、と一方が言う。いや、落としたからには、おれの金ではない、受け取れないと、もう一方が言う。双方が、いじになって言い争う。大家さんが出てきても、おさまらない。だれの手にもおえず、ついに奉行所まで持ちこまれた」

「お奉行さまは、その三両をとりあげたか。おれだったらそうして……」

「菓子を買って、食べるというのだろう。だが、名奉行ともなると、そうもいかない。自分で一両を出し、二両ずつ二人に与えた。奉行さまは一両の損だ。また、三両の落し主は、二両もらって一両の損。三両の拾い主は、二両もらって一両の損。これで三方一両損というわけだ」

「そうなるかねえ……」

二太郎、指を折りながら何回もかぞえなおし、首をかしげる。しかし、やがてわかったのか、うなずき、しきりに感心しはじめた。ころを見て、七五郎が話を進める。

「そこで、おれはひとつ考えたのだが、どうだ、二人で組んで一両もうけようじゃないか」

「金になることなら、いつでも賛成だ。しかし、金もうけというものは、なぜだか知らんが、たやすくできないしくみになっている。どうやるのだ」

二太郎はあまり期待していない口調だが、七五郎は重大そうに、声をひそめて言う。

「つまりだ。おれたちの持ち物をあらいざらい質に入れて、三両を作る。おまえがそれを、道に落とすというわけだ」

「とんでもない話だ。もったいない。なんでそんなことを……」

「おれがすぐ拾うから心配するな。そして、おまえにとどける。だが、おまえはそれを受け取らない。いいか、決して受け取るんじゃないぞ。そんなことをしたら、なにもかも、ぶちこわしだ」

「では、そうしておこう。それからどうするのだ」

「二人でどなりあっていると、仲裁にだれかくるだろう。それでもゆずらずにいると、奉行さまにきめてもらおうということになる。越前守さまが出てくる。しかし、すでに判例がある。一両出してくださるだろう」

「なるほど、やっとわかってきた」

「借金をかえして、一両残る。それを、山わけしようというわけだ。越前守さまだって、名奉行という体面に傷をつけたくない。また、そうそう判例をくつがえしては、法の精神に反する。気前よく出さざるをえないだろう」

と、これが作戦計画。検討してみても、理論上うまくゆくことは、まちがいない。

二人は準備にとりかかる。のみこみの悪い二太郎に、会話のせりふを覚えさせるのがひと苦労だったが、なんとかこぎつけた。

質屋にたのみこんで、資金をつごうする。なかなか借りられないが、大家さんに保証人になってもらい、三両の金をやっとそろえ、実行開始。

すべて筋書きどおりに運び、奉行所に持ちこむことに成功した。

大岡越前守が出てきて、言う。

「これ両人、おもてをあげい。訴えのおもむき、よくわかった」

「おそれいります。では、早いところ、お願い申しあげます。こちらにもつごうがございますので……」

「しからば、判決を申し渡す。両人の金銭をめぐるみにくき争い、まことにふとどきである。よって、諸人のみせしめのため、打ち首にいたす」

それを聞いて、二人はあわてた。一両もうけそこなうどころか、打ち首とは。七五郎が言う。

「とんでもない。これはきっと、なにかのまちがいでしょう。あんまりです。それでは話がちがう……」

それとなく、前の判決を思い出してくださいよと、さいそくする。越前守は、おごそかな声で言った。

「たしかに、以前はべつな判決を申し渡したことがあった。しかし、考えてみると、あれはあやまりであった。職務上のまちがいは、この越前守、切腹してその責任をとることにいたす。されど役目がら、おまえたちの打ち首を、みとどけてからにしなければならない」

二人は泣き叫んだ。お奉行さまがいっしょに死んでくれるといっても、生きているほうが、はるかにいい。

「命ばかりはお助けください。悪うございました。訴えはとり下げますから、なかったことにしておいてください……」

つきそった者たちも、口々に嘆願する。なかでも七五郎の家主は、質屋から金を借りる時の保証人になっているので、とくに熱心。この成り行きしだいでは、三両を没収ということにもなりかねない。

越前守はやがてうなずく。

「許しがたき罪ではあるが、心から反省し、それほどに申すのならば、いまの判決は取り消すことにいたそう。二度と、このようなさわぎを持ちこむでないぞ。早々に帰れ……」

ほっとしたものの、あてがはずれた二太郎、ぶつぶつ言う。

「やれやれ、なんということだ。ひや汗をかいてしまった。なにが名判決だ……」

それを耳にした越前守は、にやにや笑いながら解説を加えた。

「いいか、よく考えろ。おまえら両人は、打ち首になるところを助かったのだぞ。また、この越前守も、切腹をしないですんだのだ。すなわち、三人とも命を助かったのである。三方命得《いのちどく》となるであろう。命のねだんは、金にはかえられない。こんな大もうけは、ないはずである。けだし名判決というべきではなかろうか」

魔神

いまやエヌ氏は、非常な窮乏の状態におちいっていた。ある程度の教育もあり、最初は親ゆずりの財産がいくらかあったのだが、うまれつき世渡りがへたであり、それに加えて労働意欲なるものを持ちあわせていなかったため、かくのごとくなってしまった。

彼は粗末なアパートの一室にねそべっていた。机も椅子《いす》も売り払ってしまったので、ねそべるよりほかに姿勢のとりようがなかったのだ。正座をしたのでは、かっこうがつかない。

なにもかも売り払ったり質に入れたりしてしまったため、部屋のなかには、なにもなかった。徹底的に、なにもなかった。もっとも、正確にいえば皆無ではなかった。本が一冊だけ残っていた。古い外国の本だった。といって、とくに大切にしていたためではない。

質屋に持っていっても「これは値のつけようがありません」と、どこでも断わられてしまったためだ。一方、エヌ氏のほうも、これがなんの本なのかわからず、価値の説明をすることができなかった。

エヌ氏はいま、ねそべったままで、その本を開いてのぞきこんでいた。読んでみようというのではない。テレビはもちろん、ラジオもなく、新聞もこのところ配達されない。つまり、ほかにすることがなかったのだ。

彼は、なにか奇跡でも起こってくれないものかと念じながら、開かれたページの文字を発音してみた。意味はまるでわからないが、発音することはできた。

その時、奇跡が起こった。部屋の片すみに、見知らぬ男があらわれたのだ。それに気づき、エヌ氏は驚いた。しかし、そいつが強盗だったとしても、持っていかれる品はなにもない。彼は落ち着きをとりもどし、そして言った。

「だれだ、おまえは……」

「なぜお聞きになるのです。おわかりになっておいでの、はずですが……」

「まあね……」

とエヌ氏はあいまいに答えた。なにも知らぬと言うのは、なんとなくふさわしくないような空気だった。

しかし、相手の出現はあまりに突然であり、首をかしげて眺めずにはいられなかった。すると、相手はひとりでうなずきながら言った。

「ははあ、あまりわたしの出現が早いので、驚いておいでなのですな。しかし、呪文《じゅもん》を耳にしたらすぐ参上する。それこそ、魔神のモットーなのでございます」

「なるほど……」

エヌ氏には少しずつ事態がのみこめてきた。この本は魔法の本であり、さっきなにげなく発音したのが、魔神を呼び寄せる呪文だったということらしい。

なんという幸運であろう。偶然とはいいながら、哀れな生活とはこれでお別れとなりそうだ。思わずこみあげる笑いを押さえながら、エヌ氏はしかつめらしい顔をするよう努力した。いまは威厳を示すべき時のようだ。

魔神は頭を下げ、さいそくするように言った。

「なにをいたしましょう。わたしは、持って来るのが専門の魔神でございます。すでにご存知のこととは思いますが……」

「もちろん、わかっているとも。持って来るからこそ、魔神としての価値があるのだ。そうだな、手はじめに、まずビールを持ってきてくれ。ちょっと飲みたい。会話をなめらかにしたいしね」

「かしこまりました」

魔神は一瞬、煙のように消えたかと思うと、すぐに現れた。その手には、ビールの入った大きめのグラスがあった。

「よし、ごくろうだった」

エヌ氏は差し出されたそれを取り、飲んだ。空腹にしみるようだった。そこで、つぎの命令を口にした。

「おれは腹がへっている。なにか食べる物が欲しい。それに飲み物の追加もだ……」

「かしこまりました」

魔神は消え、また現れ、エヌ氏の前に料理のかずかずを並べた。スピードがモットーというだけあって、驚嘆すべき早わざだった。エヌ氏はこのところ空腹つづきだったので、たちまち平らげ、おかわりを命じた。もちろん、それもすぐに運ばれてきた。

「さて……」

とエヌ氏が言った。魔神はすぐに頭を下げて応じた。

「はい、なんでございましょう」

「この部屋は、どうも殺風景でいかん。壁になにか絵が欲しいところだ。マチスの小品などがいいな。だが、複製はいかん。本物でなければならぬ」

「はい、お安いご用でございます……」

そのとおりになった。エヌ氏はきげんよく酒を飲みながら、思いつくまま、つぎつぎに命じた。ロダンの彫刻も置かれたし、豪華な家具もそろった。

「そうだ。スポーツカーも必要だ」

「はい、ただいま……」

それは瞬時に、窓のそとの道路に置かれた。形のいい新車だった。車の鍵《かぎ》はエヌ氏の手に渡された。ひととおり手に入れると、エヌ氏はつぎの欲望を考えついた。

「こんどは女性だ。若く上品な美人がいい」

「はい、おまかせ下さい」

それも同じくあらわれた。たしかに注文どおり、若くて上品な美人だった。想像していた以上のすばらしさだった。エヌ氏は話しかけた。

「まあ、そばへ来てすわってくれ。一杯やろう。お楽しみは、それからゆっくりということにして……」

表情や声に、エヌ氏は笑いを押さえきれなかった。しかし、女の答えは意外だった。

「なによ、いやらしい。こんなことをして、ただですむと思っておいでなの……」

と叫び、勢いよくドアから出ていってしまったのだ。しばらく呆然《ぼうぜん》としたあとで、エヌ氏は魔神に言った。

「なんで、あんなことになったのだ」

「それは、ご存知のはずですが……」

と言われても、エヌ氏にはわけがわからなかった。そのうち、パトカーの音がし、近所がさわがしくなってきた。

「どうしたのだろう」

「いまの女が警察に知らせたのでございましょう」

「なぜだ……」

「ご存知じゃないのですか。魔神は魔神でも、わたしは泥棒魔神です。よそから持って来るのが、専門なのでございます。あの本に書いてあったはずでございますが……」

それを聞いて、エヌ氏はあわてた。

「知らなかった。というと、この部屋に運んできたのは、みな盗品なのか。絵も彫刻も、家具も車も、それにさっきの女も……」

「もちろんでございます。無から有を瞬時に作るなど、いくら魔神でもできるわけがございません」

「そうだったのか。それは大変だ。ここにある品物を、早くどこかに持っていってくれ。こんなのがあると、とんでもないことになる」

「それはできません。よそへ運ぶのは、義賊魔神の役目でございます。分担がちがいます」

「そんなかたいことは言わず、たのむよ。持てる物だけでいいから運んでくれ」

「はい……」

魔神は本を手にし、消えてしまった。そして、もう戻ってこなかった。

エヌ氏の耳に、警官たちのドアをノックする音が聞こえた。

凍った時間

ムントは夢を見ていた。

ひどいめにあわされる夢だった。人びとに尻《しり》をけとばされ、こぶしで腹をつかれ、手のひらで顔をたたかれる。また、冷えきった水のなかにも沈められた。無数の針でさされるような、痛さだった。

つぎには、柱につながれ、まわりで火がたかれるのだった。炎はおどるように彼に触れ、皮膚を焼いた。変な臭気は鼻を襲い、煙は口にも流れこみ、舌の上にいやな味を残した。そのため、はきけがこみあげてくる……。

ここで眠りからさめ、夢は終ってしまった。ムントはもっと見ていたかったのだが、これだけはどうしようもない。

ムントはベッドの上に身を起こし、あたりを見まわした。いつもと変わらぬ、せまい殺風景な部屋のなかには、いまの夢のかけらさえ残っていなかった。

ここがムントのすまいなのだが、台所、洗面所、ふろ場などはついていない。彼にとって、これらはみな不必要だった。また、鏡は一枚もおいてなかった。彼にとって、鏡ほどいやなものはない。

鏡があると、そこに自分の顔がうつる。みにくくはないが、表情の浮かぶことのない顔なのだ。プラスチック製の顔では、泣いたり笑ったり、できるわけがない。目はガラス製のレンズだった。その奥には、小型のテレビカメラがおさまっている。耳の奥にはマイクロフォンが、口のなかには人工の発声装置が……。

顔は見ないで過ごせたが、ほかの部分は、どうしても目にはいってしまう。両方の手は、合金製のマジックハンド。足もまた同様だった。からだのなかでは、モーターや歯車の規則正しい音が、かすかにつづいている。

ロボット。だれでも第一に、こう考えるだろう。

いや、ムントは高度のサイボーグなのだった。ロボットとは人間のような機械のことだが、サイボーグとは機械のような人間のことだ。ロボットだったら夢を見たり、むかしを思い出してなつかしんだり、できるわけがない。

眠りからさめてしばらくのあいだ、ぼんやりと思い出にふけるのが、ムントの習慣になっていた。いたずら盛りだった子供のころを、社会へ出て希望に燃えていたころを、そして、二十八歳の冬までのことを。

二十八歳の冬、ムントは勤め先の工場で、事故にあった。思わぬまちがいで、特殊な放射能を持つ薬品を、あびてしまったのだ。症状はしだいに、からだをおかしはじめた。

むかしだったら、とても助からない事態だったが、ムントは科学の進歩した時代のおかげで、死をまぬがれた。脳だけを残して、あとのすべてを人工のものに換える、最新医学の方法によってだ。人工心臓のポンプで、合成血液を脳に送りこむ。それで生きているのだった。

もちろん、人工器官をそなえた人は、ムントのほかにもいる。だが、それは胃とか耳とかの一部だけなのだ。ムントのように徹底的で、表情までも失ったものはいなかった。

このような人間をサイボーグと呼ぶ。からだの大部分は機械なのだが、それでも人間にちがいなかった。こんなふうになっても、生きているほうがいいのだろうか。と、彼は時どき考える。しかし、いくら考えても答えはでなかったし、死ぬのは、やはりいやだった。

それから十年、この殺風景な、窓のない部屋で、彼の生活はつづいている。窓がないのは、ここがビルの地下二階にあるためだ。窓のある部屋に住み、空や雲や町のにぎわいを眺めて暮らしたいとは思う。しかし、それは同時に、人びとに見られることをも意味する。また、強引なセールスマンなども、押しかけてくるだろう。

ムントは人目をさけ、この地下二階という穴ぐらのような物置きで、ひっそりと暮らす以外になかった。

だれでもムントを見ると、ロボットと思って、面白そうに笑いかける。だが、サイボーグと知ったとたん、表情を変えるのだ。彼は伝染性のある病人でも、特別な人種でも、危険な狂人でも、恥ずべき囚人でもない。しかし人びとは、それらを見るような、特殊な視線を集中してくる。それから、あわてて目をそらせるのだ。

そのたびに、ムントは、いたたまれなくなってしまう。笑いかけようにも、プラスチック製の人工の顔では、表情が自由にならない。手を伸ばして握手を求めても、相手は避けてしまう。無気味な人工の声では、話しかけないほうがいいにきまっている。いっそのこと、よってたかっていじめられたほうが、どんなにいいだろう。そして、二度と戻らない、失われた感覚を味わいたかった。暑さ寒さ、痛み、におい、味。どんな苦痛でも、ゼロよりははるかにいい。しかし、いずれも不可能なのだった。時たま見る夢のなか以外では。

一日じゅう、ムントは一歩も外出をしない。買い物や散髪など、外出の必要はなかった。訪れてくる人は、毎週一回、合成血液の缶を配達にくる男だけ。だがいつも、ドアの外に、そっとおいて逃げるように帰ってゆく。

殺風景な部屋だが、テレビはあった。これが彼のただひとりの友。社会へ開いているただ一つの窓といえた。テレビなら、いかに見つめても、見つめかえされることはない。ただひとつの生きがいとも言えた。

できるものなら、もっと社会に役立ち、人に喜ばれるような生きがいを持ちたい。彼はいつも、そう考える。しかし、いくら考えても、思いつかないのだった。人に見られ、相手に不快な気分を味わわせないよう、ここに閉じこもっているのが、自分にできる、ただ一つの役目なのかもしれない。

ムントは義手を伸ばし、テレビのスイッチを入れた。明るくなった画面では、料理番組をやっていた。彼はそれを眺め、味を想像して、心ゆくまで楽しんだ。だが人工の口のなかには、唾液《だえき》はけっしてわいてこない。

ひとつ、喜劇映画でも見よう。ムントはべつな局にチャンネルを換えた。頭のなかには、テレビの番組表がすっかり暗記されている。喜劇を見つめているうちに、やがて彼は画面の中の主人公になりきり、自分がサイボーグであることを、いくらか忘れかけた。

その時、画面が不意に、まっ白く変わった。なにも、うつらなくなってしまったのだ。音もとだえた。どうしたのだろう。せっかく面白くなってきたのに……。

ムントはしかたなく、チャンネルをつぎつぎに切り換えてみた。だが、どの局でも同じことだった。画面は白いままで、音も出てこない。

きっと、故障したにちがいない。修理店の人を呼ばなくてはならないようだ。修理店の人と顔をあわせたくはなかったが、このままでは完全なひとりぼっちだ。

久しく使わず、ほこりをかぶったままの電話機をとりあげた。ムントは呼び出し音を聞きながら、他人をいやな気分にする人工の声で話さなければならないのかと思うと、気がめいるようだった。

しかし、相手はなかなか出なかった。るすのようだ。ムントは電話帳でほかの修理店をさがし、かけなおしてみた。五軒ほど試みたが、どこも応答がなかった。どういうわけなのだろう。どこの修理店も、そろって電話に出てくれないというのは。

ふしぎさは、やがて不安と変わった。なにが起こったのだろう。なにかが起こったにちがいない。思わず警察へかけてみた。しかし、これも同じだった。消防署も、新聞社も、また電話局そのものも、どこへかけても、呼び出し音が限りなくつづくばかり。

もしかしたら……。

そのさきは考えつかなかった。突発的な核戦争だろうか。しかし、それらしき地ひびきはなかったし、停電もしていない。とすると、暴動かなにかによる混乱が起こっているのだろうか。だが、それなら電話は、不通かお話中であるべきだ。テレビ局と電話局に、同時に事故が起こったのだろうか。

まるで見当がつかなかった。しばらくして、またテレビのチャンネルをまわし、ほうぼうへ電話をかけてみた。やはり、事態は変わっていない。不安ではあったが、彼はあわてはしなかった。食料や水は不要なのだし、合成血液のストックはある。すぐに死ぬという心配はなかったが、テレビがうつらなくては、することがなかった。本を買っておけばよかったと後悔したが、こんな場合は予想もしなかったのだから、しかたがない。

自動掃除器のスイッチを入れた。だが、五分ほどで室内はきれいになり、自動的に止まってしまった。眠れるものなら、夢でも見たいところだった。しかし、目がさめたばかりでは、そうもいかない。

ベッドに横になっていると、不安にかわって好奇心が高まってきた。なにが外で起こっているのだろう。それを知りたいという欲望は、押さえきれないまでに強くなった。

ムントはベッドからおり、服をつけ、くつをはいた。帽子をふかくかぶり、マスクをつけ、サングラスをかけ、最後に義手に手袋をはめた。他人の目に与える不快感を、少しでもやわらげるためには、こうしたほうがいいのだ。

何年かぶりで、彼はドアをあけた。廊下は人影もなく静かだった。もっとも、地下二階はいつもこうなのだ。コンクリートの床に音を響かせて歩き、階段をあがった。地下一階へ、そして、一階の道路への出入り口へと……。

久しぶりに眺める日光は、地下室の電灯の光とくらべものにならないほど、強いものだった。目についている絞りは、自動的に小さくなってそれに応じ、あたりの光景を彼に伝えた。

ムントは、そこで立ちすくんだ。自分に残された最後の器官である脳、それまでが狂いはじめたのではないかと思ったのだった。信じられないような眺めがひろがっていた。

動いているものが、なにひとつない。

といって、無人の町というわけではなかった。大ぜいの人がいる。だが、だれもかれも倒れたままで、目を閉じて動かないのだ。彼のすぐそばの道ばたには、若い男が崩れでもしたような姿勢で倒れている。そのむこうには、子どもと老人とが並んで横たわっている。ふたりは、手をつないだままだった。また、美しい服を着た婦人も倒れている。その手はくさりを握っていて、その一端には犬がついていた。倒れて動かない犬が……。

このような眺めが、限りなくつづいている。映画の機械が故障し、フィルムが動かなくなった時のようだ。

自動車などの交通機関も、すべて停止していた。そばに止まっている一台の車をのぞくと、運転席で男が倒れていた。倒れると同時に、自動ブレーキが作用して止まったのだろう。

どこからか音楽が流れてくるのに、ムントは気づいた。そこに行けば、倒れてない人に会えるかもしれない。その方角にむかって歩き、一軒の喫茶店にはいった。しかし、そこで発見したのはスピーカーだった。まもなく、それも終った。継続のボタンが押されないからだろう。

屋外ばかりでなく、屋内の人びとも倒れて動かない。すべての人が、そうなってしまったのだ。なぜ……。

ムントは椅子によりかかったままの男に近づき、さわってみた。気を失っているのだろうか、死んでいるのだろうか。その判断は下せなかった。さわってみても、人工の義手では、温度などの微妙な点を感じることができないからだ。

生死を確かめるのを、ムントはあきらめ、少し歩いてみることにした。サイボーグである自分を気にすることなく歩けるのが、この異様な光景のなかでの、わずかな救いだった。しかし、町角をいくつも曲がってみたが、どこまで行っても同じことだった。死の世界だ。死んだのではなくても、原因を調べるものも、手当てをするものもいない。このままなら、いずれにせよ死の世界になってしまう。

一瞬のうちに、こんなことになってしまった理由は、なんなのだろう。

ムントは空を見あげてみた。円盤の大編隊でも舞ってはいないだろうか、と考えたのだが、そんなものはなかった。青い空には、おだやかに白い雲が浮いている。宇宙からの侵略ではなさそうだ。

高空を、飛行機が一機だけ飛んでいた。倒れたままの人をのせて、自動操縦で飛びつづけているのだろうか。これもまた、知りようがなかった。飛行機は、見つめているうちに、雲のかなたへと消えていった。

いくら歩きつづけても、静まりかえった町には、動くものがなかった。わずかな例外は、風にゆれる街路樹の葉、公園の噴水、骨董《こっとう》店の飾り窓のなかの古風な振り子時計ぐらいだった。鳥獣店のなかも、すべてが停止していた。小鳥たちはみな、止まり木から落ち、鳥かごの底で動かなかった。剝製《はくせい》店にいるような気分だ。

人間の生きていることを感じさせる音は、どこからも聞こえてこなかった。たとえようもない寂しさが、どこからともなく押し寄せ、ムントを包みはじめた。それを振りはらおうとし、ムントは叫んだ。

「だれかいませんか」

単調な人工の声は、倒れている人びとの上を越え、通りのかなたへと、くりかえし消えていった。だが、答えてくれる声はなかった。ビルの壁にこだまして戻ってくる自分の声ばかり。

ムントは、叫ぶのをあきらめた。これから、どうしたらいいのだろう。地下室でのいままでの生活は、自分から求めたひとり暮らしだった。だからこそ、なんとかがまんしてこられたのだ。しかし、これからは本当のひとりぼっちなのだ。

人びとの視線を受け、消え入りたい思いになるのは、いい気分ではなかった。だが、そこには生きているという実感もあった。それなのに、いまはそれさえも味わえなくなった。

おさえきれない感情がこみあげてきて、ムントはそばの店のショーウインドウをなぐりつけた。金属製の義手は、鋭い音をたててガラスを砕いた。ムントはそのなかに並べてあった食器のひとつを取り、べつの店めがけて投げつけた。しかし、何度くりかえし、いくら待っても、おこった顔つきで飛び出してきて、彼をどなりつける人物はいないのだ。

ムントは、自分が町じゅうの商品の持ち主になったらしいことを知った。しかし、皮肉なことに、ムントにとって価値のあるものは、なにひとつない。ぜいたくな食料品、高級な酒やケーキ、服、香水、宝石など、サイボーグにとって意味がない。テレビセットにしても、放送が止まったいまでは、無用の長物だ。

無理にあげるとすれば、書物ぐらいだろうか。しかしすべてが停止したなかでは、小説などを読んだところで、はたして面白いものだろうか。また、科学の本を読みあさり、この異変の原因を研究し、なにか解決の方法を見つけ出すには、何十年もかかるだろう。いや、それでも不可能かもしれない。

ムントは、本屋をさがすのをあきらめた。といって、あの地下室へ、ふたたび戻って行く気にもならなかった。

静まりかえった町を眺め、ただ立ちつくすだけだった。

　ふとムントは顔をあげた。物音を聞いたように感じたからだ。どこかで、なにかが動くような音がする。その音の主は不意に出現した。少しはなれた町かどから、一台の自動車が走り出てきたのだ。ということは、まだ生きて動いている人間があったということを示している。

　こちらに気づいてくれればいいが。とっさに、ムントはそう祈った。すぐに声をあげる習慣は、長いあいだの地下室生活で失われていた。人工の声では、相手を驚かす場合が多いからだ。

　その祈りに応じたかのように、自動車はムントのほうへ近よってきた。どんな人間が乗っているのだろう。やはり、同じようなサイボーグだろうか。ふつうの人間なら、この異変からまぬがれることができなかったろう。しかし、だれでもいい。いまは、いっしょに驚き、寂しさをなぐさめあう、話し相手がほしかった。おそらく、相手も同じことだろう。

　自動車はムントのそばへ来て、停止した。ドアが少し開き、運転席にいたひとりの人物が首を出した。だが、その表情はわからなかった。宇宙服のようなものを、身につけているのだ。そして、相手はムントに話しかけてきた。

「こんな場所で、なにを、ぼやぼやしているのだ」

人工の声ではない。ふつうの人間の声だった。ムントはすぐには答えられなかった。人工の声を出すには、まず、恥ずかしさをがまんする覚悟をしてからでなければならない。

答えられない理由は、それだけではなかった。相手の声が落ち着きすぎていたからだ。こんな現象がおこったというのに、なぜ平気でいられるのだろう。そこが、ふしぎでならなかったのだ。

「服はどうした」

と相手は言った。なんの服のことだろう。それに、怒られているような感じだ。ますます、答えにくくなってしまった。

「活動しにくいから、脱いでしまったのだな。それは、まだ早いぞ。マスクだけでは、完全ではない。服をつけろ」

とまどうことばかりつづく。どう答えたら、相手のお気に召すのだろう。ムントは、呆然《ぼうぜん》とするばかりだった。

「ははあ、どこかへ脱いで置いてきたのだな。よし、ここにおれの予備のが、もう一着ある。これをやろう」

　相手はこう言い、窓からムントのそばに投げてよこした。服ばかりでなく、一丁の銃も。

「さあ、それを着て、銃を持つんだ。そして、三十分後に、第一官庁ビルの前の広場に集合する。そこで、新しい指示が与えられるのだ。注意して行動しろ」

　こう言い残して、自動車は走り去っていった。結局、事情を知ることは、なにひとつできなかった。いまの人物は、なんだったのだろう。突然の事件で、頭がおかしくなっているのだろうか。しかし、それにしては冷静な口調だった。

　ムントは身をかがめ、残していった服を拾い、身につけてみた。宇宙服のように、外の空気をさえぎることができるように作られた気密服だった。なぜ、これを着なければいけないんだ。わからないことは、まだある。この銃だ。

　気密服をつけ、銃を手にして立つと、戦わなければならないような気分になった。しかし、その敵とは……。

　やはり、宇宙からの攻撃なのだろうか。警報がおくれて大部分の人たちはやられてしまったが、まにあったものがあった。その生き残った人たちが集合して、反撃に移ろうとしているのかもしれない。そうなると、参加するのが人類の義務だ。サイボーグであっても、人間であることにちがいはない。

ムントは、第一官庁ビルをめざして歩きはじめた。道路には、どこも同じように人が倒れている。建物のなかでは、机にうつ伏せになったり、床に横たわったりしている。

うしろから、声をかけられた。

「うまくいったな。こうみごとに成功するとは、思わなかったな」

ふりむくと、そこにも気密服の男がいた。しかし、なんのことだ。このありさまが、なんでみごとなのだろう。人類がやられかけているというのに。それとも、この異変は宇宙からの攻撃ではないのだろうか。わからないながらも、ムントは首を動かし、うなずくまねをしてみせた。

「まもなく、われわれの天下だ。おたがいに、どんなぜいたくも望みのままだな」

男はこう言い、急ぎ足でムントを追いこしていった。ぜいたくとはなんのことだろう。サイボーグにとって、そんなものはありえない。

ムントは、命じられた場所へ直行することに、ためらいを感じた。どうも、すなおに従えない気持ちがする。自分だけ知らない、なにかが進行しているようだ。この点が面白くない。

　第一官庁ビルのむかい、広場をへだてたところにも、ビルがある。ムントはそのなかへはいった。倒れている人を踏まないように歩き、エレベーターをさがした。それで五階へあがり、窓ぎわへと寄った。そとの音を聞こうと、少し窓をあける。

　ちょうど、広場を見おろすことのできる場所だ。どこからともなく、気密服を着た人物が集まってくる。歩いてくるものもあったし、自動車で乗りつけたものもあった。また官庁ビルから出てくるものもある。数十人くらいになったころ、そのなかのひとりが台の上にあがり、話しはじめた。あたりが静かなため、ここでも、ことばを聞きとることができた。

「諸君。わたしの発明した薬品の効果は、まのあたりに見て、充分にわかったことと思う。ごく微量でも、一瞬のうちに、人体の筋肉をまひさせてしまうガスだ。早くいえば、新しく強力な眠りガスだ。これを飛行機からまいたのだ」

　そうだったのか、とムントは思った。筋肉のないサイボーグだから、その作用を受けなかったのだろう。さらに眺めていると、台の上の人物に、だれかが質問している。

「作用は、どれくらいつづくのでしょう」

「あと約二時間だ。それを過ぎると、もとに戻る。脳はおかさないし、もちろん、死ぬことはない。世のなかが動きをとりもどした時には、わたしたちの政権になっているというわけだ」

「しかし、いったんは成功しても、あとずっと支配しつづける方法のほうは、大丈夫なのでしょうね。それだけが心配です」

「もちろんだ。薬品の製法は、わたしだけしか知らない。いつでも使えるのだとおせば、反抗するものなど、出るわけがない」

これを聞いて、ムントには事件のすべてがのみこめてきた。筋肉を一時的にまひさせる、高性能のガスが発明された。その成功は、発明者の野心を刺激し、一味を集め、クーデターの動きとなった。政権さえ手に入れれば、あとは、いつ使われるかわからないそのガスの恐怖で、社会をおどし、永久に好き勝手なことをしつづけようという計画らしい。

ひどいやつがいるものだ。ムントは、いかりがこみあげてきた。そして、手には銃がある。ムントは、台の上でとくいげに指示を与えつづけている男にねらいをつけ、引金をひいた。

広場では、たちまち混乱がはじまった。かけよる気密服の人のむれ。連中はしばらく相談しているらしかったが、やがて散りはじめた。

中心人物が死に、ガスの製法の秘密が失われては、クーデターを進める自信がなくなってしまったのだろう。それに、ぐずぐずしていると人びとが動きはじめ、気密服を着て集まっていると、怪しまれてつかまってしまうのを心配したからだろう。

ムントは階段をおり、ビルの外へ出た。そして気密服を脱ぎ、銃とともに物かげに捨てた。指紋のないサイボーグは、こんな場合には便利だった。それから、人が多く倒れている場所をさがし、それにまざって身を横たえた。クーデターの残党にみつけられ、銃を撃ったのはおまえだろうと、しかえしされるのを警戒したのだ。ムントはじっと動かないでいた。しかし、近づいてくる足音もなかった。一味は完全に、陰謀をあきらめてしまったらしい。

そのうち、あたりに、ざわめきと活気がよみがえってきた。森に朝が訪れた時のようだった。麻酔ガスの作用が、終ったのだろう。人びとは立ちあがりはじめ、キツネにつままれたような顔を見あわせている。ムントもほっとし、いっしょに立ちあがった。

しかし、ほっとした気分も、たちまち消えていった。人びとは顔を見合わせているが、その目がムントの顔にいくと、そのとたんに表情が異様に変わるのだ。ムントにとっていやでたまらない、例の目つきに……。

サイボーグの人間に対する同情と、あわれみと、自分たちの前へ出てこなければいいのにという非難のまざった、無言の目つきに……。

ムントはいたたまれぬ思いで、歩きはじめた。すれちがう人たちは、みな同じような目をムントにむける。ムントの心につきささる、数えきれぬ矢のようだった。ムントは、なるべく人通りの少ない細い通りを選び、こそこそと、あの殺風景な地下室へと急ぐのだった。

みやげの品

山の中腹にある、その見晴し台からの眺めは、なかなかよかった。目の下には森がひろがり、川も村も、そのむこうの平野も見渡すことができた。

見晴し台のそばには、小さな店があった。そこの主人は、たまたまやってきた男の観光客に声をかけた。

「いかがです。おみやげ品は。エハガキとか木彫りの人形など……」

「いらん。わたしはみやげ物は買わない主義だ。なぜそんな心境になったかというと、なんでも街で買えるからだ。国内国外をとわず、どこの名産も、いまでは金さえ出せば手に入る」

「まあ、そうおっしゃらずに……」

「いや、みやげ物に頭と金を使うひまがあったら、それだけ景色をよく眺め、印象を深く残すようにしたほうがいい」

「なるほど、それもごもっともです。では、この裏手の森でも、散歩なさったらいかがでしょう。俗化していない原始林で、いい思い出になるでしょう」

「そうか、教えていただいて、ありがたい」

男はその小道をたどった。たしかに、自然のままの静かさが、そこにあった。しかし、やがてその静かさが破られた。とつぜん、大きなクマがあらわれたのだ。逃げようにも、男は驚きと恐怖とで足がすくんでしまった。クマに飛びつかれてから、やっとあばれだすしまつだった。

それでも、ありったけの力を出して、必死にもがいていた。そのかいあって、なんとかクマを撃退することができた。

男は店にもどり、息をつきながら言った。

「ひどい目にあったぞ。いま、そこで大きなクマが……」

しかし、主人の答えは意外だった。

「存じております。ところで、いかがでしょう。いまのご奮闘ぶりを、八ミリフィルムにおさめておきました。お買いになりませんか。ほかでは絶対に、手に入らない記念品でございましょう」

「なんだと。ははあ、かいならしたクマか、ぬいぐるみのクマか知らないが、そういうしかけだったのか……」

男は怒りかけたものの、やがて考えなおした。近所の子供や知りあいの女の子に見せ、武勇談を語るのに、悪くない品かもしれないぞ。なにしろ真剣だったから、芝居と見破られることもあるまい。

そこで、彼は財布を出しながら言った。

「……わかった。高くてもいい。買うことにするよ」

シャーロック・ホームズの内幕

「おい、ワトソン。いいところへ来てくれたな」

退屈まぎれにホームズをたずねてみると、彼は情けない声で、こう呼びかけてきた。

私はあいさつがわりに質問した。

「なんです、不景気な顔をして」

「問題はそれだ。どうも金まわりが悪くてかなわねえ。どうだ、持合わせがあったら、少し貸さんか」

「とんでもない。こっちだって、ご同様ですよ。金さえあれば、こんなところへなんか、来やしませんよ。金がなくて退屈がしのげるところといったら、ここぐらい。それだから、やってきたんでさ。察して下さいよ。あなたの推理力も、少しにぶったかな」

私が手を振りながらこう答えると、ホームズは、

「なんてこった」

と叫んで、あとは押し黙り、頭をかかえて椅子に深々とからだを埋《うず》め、パイプの煙をやけにふかしはじめた。そのかっこうは、どことなくユーモラスだ。いずれ彼を主人公にして漫画映画を作り、ホウレンソウ会社へでも持込んでみるつもりだ。

しかし、そのうち事務所の前をぶらつく足音がした。彼は椅子からとび上がり、パイプをくわえたまま、ごきげんな声をだした。

「おっ、いいカモがきたらしい。おれさまの判断に、狂いはない」

「どうしてわかります」

「足音が往復しているのは、ここに入ろうか、入るまいか、思案しているからだ。それに、あの足音は金に困っているにちがいない。ふところの寒いやつはひょこひょこ歩く、ふところのずしりと重いやつは、荘重な足音を響かせるものだ」

「やはり、すごい推理ですなあ。だが、金に困っているやつが、どうしていいカモなんで」

「そこだよ、ワトソン。金持ちというものは、とかくけちだ。なかなか金を出したがらぬ。そこへゆくと、金に困っているやつは、金に気をとられ、すきだらけだ。それに一攫千金《いっかくせんきん》をねらって、かっかとしている。そこにつけこめば、ひとたまりもない」

「おおせの通りだ。まったく、すごい推理だなあ」

「おれさまがうまく扱ってみせるから、よけいな口出しをしないで、見ていろ。ほら」

ドアにノックの音がして、ひとりの若い男があらわれた。一目で貧乏貴族とわかった。まったく、ホームズの推理に狂いはない。来客は、おどおどした声を出した。

「あの、こちらは、あの有名なホームズ先生の事務所でございましょうか」

「さよう。わたしがホームズだ。後世には有名になるだろうが、いまはまだ、それほどでもない」

「じつは、折り入ってお願いしたいことが、ありまして」

「よろしい。ただいま売り出し中のところです。なにかむずかしい事件なら、献身的な大サービスでつとめますよ」

「お恥ずかしい話ですが、わたしはジョン・クレーという貴族のはしくれ。しかし、金に困って、にっちもさっちもいかなくなり、貴族の体面が保てるかどうかのせとぎわ。なにか、いいお知恵が拝借できればと」

まったくあわれな話だった。ホームズは私と目を見合わせ、落ち着いたそぶりでそれに答えた。

「いや、政府が悪いせいか、いまや、どこも大変な不景気。お苦しみ、お察し申します」

「ぜひぜひ、なにかご指導を」

この時、ホームズはにやりと笑って、ずばりと言った。

「ここまできては、泥棒以外に方法はありませんなあ」

「えっ、泥棒……。いや、それでも結構。平民ならロンドン塔の掃除人にもなれようが、貴族となると、夜逃げもできぬ。だけど、わたしに泥棒など、とてもできそうに……」

「まあ、元気をお出しなさい。わたしがついています」

「それはありがたい。先生にご指導ねがえれば、大舟に乗ったようなもので」

「そうですとも。さっそく、秘法をご伝授いたしましょう。わたしの頭には、前人未踏のすばらしい犯行方法がいくらでもあります。しかし、こちらも商売。教授料をいただかなくては」

「ははあ、教授料がいりますので」

「もちろんですとも。お金がなければ、わたしがいい質屋をご紹介しましょう。ウィルスン質店です。さっそく、そこへおいでなさい」

「ところで、教授料はどれくらいで」

「それは巧妙な犯罪になればなるほど、高くなります。仕方がありませんね。そのかわり、その方法の巧妙なことは、保証いたしますぞ」

「では、さっそく」

貧乏貴族のクレーは、さっきより少し元気づいて出ていった。落ちぶれたといっても、そこは貴族、質草《しちぐさ》まで無一物ではなかったとみえ、しばらくすると戻ってきて、こう言った。

「やっと少しばかり、調達できました。あのウィルスン質店は、なかなかしぶいですな。ところで、これくらいでいかがでしょう」

クレーはポケットから、百ポンドを出した。

「まあ、いいでしょう。さて、あなたがいま行ってきた質屋ですがね」

「あの赤毛のおやじの質屋ですか」

「さよう」

「では、あそこに押し入るので」

「まあ、お待ちなさい。わたしもホームズ。教授料をとった上は、そんなチンピラのやるようなことは、お教えいたさぬ。まず、新聞広告をお出しなさい。赤毛組合補欠募集、収入多大とね」

「なんです、その赤毛組合とは」

「話は終りまで聞きなさい。あなたも、きょうでウィルスンと顔見知りになった。そこでその広告を持って行き、留守番をしてあげますから行っていらっしゃいと、そそのかす。万一、あの赤毛がカツラだったら、発毛の新薬完成被験者を求む、として、打ち合わせておいた友人の家に十日ばかり通わせる」

クレーは大喜びで手を叩《たた》いた。

「なるほど、なるほど。その留守中は、盗みほうだいか。いや、さすがはホームズ先生。これはうまい方法だ。百ポンドは高いようだが、たちまちもうかりますな。資金の回転は、早いほうがいい。すぐにも、取りかかるといたしましょう」

クレーはいそいそと立ち上がり、ドアにむかったが、ホームズはそれを呼びとめた。

「まあ、そう急ぎなさるな。もう少しお出しになるつもりなら、もっともうかる方法があるのだがな」

「えっ」

とクレーは足をとめた。

「いや、無理におすすめするわけではありません。教授料をお出しになれないのなら、わたしとワトソンとでやってもいいんだから。なあ……」

とホームズは急に私に呼びかけた。私はうまくあいづちをうった。

「え、もちろんですとも。わたしも退屈しのぎに、なにかやろうと思っていたところですから」

「その妙案はいくらぐらいで」

と、クレーは手をポケットに入れて思案した。ホームズはそのようすから、まだしぼれそうだと判断して、こう答えた。

「では、あと二百ポンドいただきましょう」

クレーはしばらくためらっていたが、思いきって二百ポンドをさし出した。

「そうそう、そうですよ。投資が多くなれば利益も多くなる。この原則をお疑いなら、アダム・スミス先生のお弟子たちをご紹介しますから……」

ホームズはしゃべりながら、さっきのと合計三百ポンドを、すばやくポケットにしまった。

「いや、経済学の勉強は、いずれ金でも手に入れてから。ところで、その計画とやらは」

と、クレーはいささか心配そうだった。

「ご心配なさるな。それだけの教授はいたします。そこで、あの質屋だが、あの質屋の裏はシティ・アンド・サバァーバン銀行だ。質屋の地下室から穴を掘れば、銀行の地下室に直通というわけだ。クレーさん、あなたは質屋と銀行とで、金はどっちに多いか、ご存知かな」

「わあ、そうだ。すごい。さすがは先生。二百ポンド追加したねうちは、たしかにある。では、さっそくに……」

クレーは飛び上がって喜んだが、そのうち疑問をひとつ提出した。

「……穴を掘るのはいいが、山のような土がでます。これをどう処置しましょう」

この質問で、ホームズは目を白黒させた。

「や、そんな問題があったか」

「困りますね。そんなことでは。さあ、二百ポンドは返して下さい」

「いや、待ちなさい……。そうだ。むかし、エドモン・ダンテスという男が毎日、牢《ろう》番《ばん》の目を盗んで地下牢の中で穴を掘り、となりの牢のじいさんに会いにいった話がある。そいつは後年、出世してモンテ・クリスト伯と名のるようになった。それを調べて、その方法でおやんなさい」

私は、どうなることかとはらはらしていたが、ホームズはうまく切り抜けた。まったく彼の頭はすばらしい。クレーはふたたび元気をとりもどした。

「では、どうもいろいろ、ご教示いただき、まことにありがたかった。これでわたしも、貴族の体面を保てるというもの」

と立ち上がるクレーに、ホームズは言った。

「クレーさん。ところでものは相談だが、どうでしょう、あと三百ポンドお出しになりませんか。すばらしい名案があるんですがねえ」

「いや、これだけお教えいただければ、もう充分です」

「そうでしょうかねえ。お出しになったほうが、おためと思いますがねえ」

「いや、これでけっこう」

クレーはドアから、かけ出していった。ホームズはそれを見送っていたが、舌うちして、私に言った。

「ちきしょうめ。三百ポンドを、惜しみやがった」

「まあ、いいじゃないですか、三百ポンドは手に入ったのだし」

「だが、あんなカモは、めったにこない。あいつが出し惜しむなら、意地でも取ってみせる」

さかんに憤慨するホームズに、私は手を出した。

「忘れないうちに、早いとこ分けましょうや」

「おお、そうか。きみにしゃべられると困るからな。まあ、これくらいで我慢してくれ」

ホームズはわたしに、百ポンドを渡した。

何日かたった。私はまた、ホームズを訪れた。

「ワトソン、さあ、出かけよう。大捕物だぞ」

「なにかあわただしい話ですが、どの犯人をつかまえるんです」

「あの三百ポンドを惜しんだ、貧乏貴族のクレーのやつだ。思い知らせてやろう」

「なんとなく、気の毒ですなあ」

「悪に同情はいらん。あんなようなやつは、金を握ったら、ひとりじめにするにきまっている。お礼などに、くるものか。さあ」

ホームズは私をせきたてた。まったく彼の頭の働きと、悪をにくむ精神には、常人以上のものが感じられる。そして、彼は警察と銀行とに連絡し、銀行の地下室で待ちかまえた。

「静かに。もうそろそろ、はじまります」

「よくおわかりですな」

銀行頭取のメリーウェザー氏は、感心した声で言った。

「そこが、わたしの推理力です」

そのうち暗い地下室のなかに、ちらと灯がみえ、壁の石がはずれ、一人の男があらわれた。

「そらきた。御用だ」

その男、クレーはあたりを見まわし、ようすのおかしいのに気づいた。

「や、さてははかられたか」

「逃げるな、待て」

警部は大声をあげた。クレーはもはや貴族の体面もなく、

「ずるいや、ずるいや」

と泣き叫び、拳銃《けんじゅう》をホームズにむけた。だが、ホームズの動作のほうが、一瞬はやかった。

「往生ぎわの悪いやつだ」

この声と弾丸を受けては、クレーはひとたまりもない。彼はばったり倒れた。

「先生、おけがは……」

警部とメリーウェザーが声をかけた。

「いや大丈夫だ。ホームズは、そう簡単には死ぬわけにはいきません」

ホームズは得意げに胸をはり、ここに至る推理をとくとくと話した。クレーがのびてしまったので、もうどこからも文句はでない。

「いや、聞けば聞くほど、悪知恵のあるやつですな、このクレーという男は」

警部はすっかり感心してしまった。こんなすばらしい犯罪を考え出せるのはホームズ以外にありえない、という疑問はぜんぜん持たないようだった。メリーウェザー頭取は、警部につづいてこう言った。

「そのクレーにもましてすばらしいのは、ホームズさんだ。おかげで、わたしの銀行も、無事に難をまぬかれました。いくらお礼をさしあげていいやら」

「三百ポンドもいただけば、けっこうです」

かくしてホームズと私は、意気ようようと事務所にひきあげた。

「さすがはホームズ。まったくすばらしい頭ですなあ」

私はもみ手をしながら、おせじを言った。彼は気がつき、私に百ポンドを出した。

「さあ、ワトソン。よろしくストーリーにまとめといてくれよ」

「はあ、わたしも商売ですから、なんとかまとめますが、肝心なところをごまかして作り変えるのには、もう百ポンドいただかないと。けっこう頭を使いますので」

「ひどいやつだ。まあいい、やろう。そのかわり、うまく書いてくれ」

「それはもちろん」

かくて私はこの日、二百ポンドをせしめた。

もちろん、私がホームズを悪く書くはずがない。なにしろ二人は、切っても切れぬ仲なのだ。ホームズがつかまれば、私も困る。それに私だって英国国民、大英帝国の恥をさらけ出し、植民地の統治のさまたげになるような、へまなことはやらない。では、軽く一杯やってから書きはじめるとしよう。題は『赤毛組合』とでもするか。

夜の音

ノックの音がした。

それで目をさましたエヌ氏は、ベッドに身を起こし、首をかしげた。ここは山奥にある、彼の小さな別荘。静養のために、ひとりで滞在している。しかし、いまはシーズンオフであり、しかも真夜中だ。訪問客とは思えない。

といって、絶対にないとは断言できない。げんに、いまノックの音を耳にしたではないか。それにしても、ノックの音ばかりで、声のしないのは変だった。こんな時刻に訪問するのなら、理由か用件を告げ、あいさつをすべきだろう。

エヌ氏は壁の猟銃を手にとり、少しずつドアを開けた。怪しい人物だったら、すぐにしめ出さなければならない。強引に侵入してきたら、撃退しなければならない。

ドアを開き切ったが、だれもはいってこない。おそるおそる、そとをのぞいてみた。人影どころか、人のけはいすらなかった。冬枯れの林に、青白い月の光が静かに降りそそいでいるばかり。

エヌ氏は、またも首をかしげた。ノックをしたのは、だれだったのだろう。手のこんだいたずらだったのだろうか。しかし、都会でならいざ知らず、わざわざここまで、そんなことをやりに来る者のあるわけがない。

彼はもう少し、推理をめぐらせた。木の実が風に吹かれて当った音か、夜の鳥が口ばしで突ついた音かもしれない。だが、この説も怪しいことに気づいた。木の実は落ちつくした季節だし、風も吹いていない。また、このへんで夜の鳥を見かけたこともなかった。あれこれ考えたあげく、エヌ氏は自分の錯覚ときめることにした。最も簡単明瞭《めいりよう》な、最も妥当な結論だ。

これでよし、彼はドアを閉め、銃をもどし、ベッドにもどり、中断された眠りの道をたどろうとした。

その時。またも、ノックの音を聞いた。

こうなると、錯覚でもないようだ。エヌ氏は注意しながら、またドアを開けた。やはり、だれもいない。戸外のすべては静止し、動くものは虫の影すらなかった。

それにもかかわらず、ベッドにもどるとノックの音がはじまる。どこからともなく、なにかをうながすような響きが、くりかえされるのだ。

エヌ氏は眠いのをがまんし、タバコをくわえ腕組みをし、この原因を考えつづけた。やがて、かつてある本で読んだ記事を思い出した。心霊現象のなかに、ラッピングとかポルターガイストとかいうのがあったことを。前者は超能力者が霊魂に話しかけると、ノックのごとき音によって応答がなされる現象のことだ。後者は、むやみと音をたてる霊魂のことだったようだ。

きっと、それにちがいない。こうエヌ氏は判断した。目に見えぬ霊魂が相手では、ドアを開いたり、閉めたりしても意味がない。また、相手が霊魂なら、危害を及ぼしてくることもないだろう。彼はかまわず眠りにつこうとした。

しかし、それがそういかなかった。うとうとしかけると、例のノックの音がおこる。人をせきたてるような、いらだたしい響きだ。なんとかしたいとは思うが、あいにく霊魂の撃退法を知らなかった。読んだ本のなかにも、そのための呪文《じゅもん》は書いてなかったようだ。もちろん、銃をぶっぱなしてもだめだろう。

あいかわらず、音はコツコツとくりかえされる。眠いのとうるさいのとの板ばさみになり、エヌ氏は思わず大声でどなった。

「はいってますよ」

ノックの音はやみ、もはや二度とおこらなくなった。

変な侵入者

ここは、キダ氏の別荘。高原地方にあった。近くには緑の林が広がっていたし、湖を見わたすこともできた。また、少し歩けばゴルフ場にも行けた。眺めがいいばかりでなく、その建物もかなり立派で大きかった。

キダ氏は海中住宅関係の、資材や部品の製造会社を経営していた。この業界は競争が非常に激しく、技術開発や営業面で少しでも油断すると、すぐ他社にけおとされてしまう。

しかし、キダ氏はなかなかの手腕家だった。会社が順調に発展しているのは、ほとんど、彼ひとりの力によるといっていい。したがって収入も多く、このような別荘をもつことができたのだ。

キダ氏は一週間ほど滞在する予定で、休養のためこの別荘へやってきた。静かな空気にひたりながら、新計画の構想を、ゆっくり検討しようとも思っていた。

別荘に着いて一服していると、別荘番をかねている男がとりついできた。

「あの、妙なものがまいりました」

「なんだ、来客か。それなら来週、会社のほうで会うと伝えてくれ。いまは、休養中なのだから」

「いえ、それがロボットなのでございます。ご注文なさったのではありませんか」

「ロボットだと。知らぬ。そんなものを買ったおぼえはない。わたしは、日常生活ではロボットを使わない主義だ。なにかのまちがいだろう。帰らせろ」

とキダ氏は言った。しかし、男は困ったようなようすだった。

「それが、だめなのです。どう話しかけても、なにも答えません。耳が聞こえないのか、口がきけないのか、しまつにおえない、しろものです。あ……とうとう、勝手にはいってきてしまいました」

男が指さすほうを見ると、問題のロボットがこっちへやってくる。あまり見かけないタイプだが、落ち着いた銀色をしていて、形も上品だ。しかし、わけもなく侵入されては、迷惑だ。キダ氏は声をかけた。

「おいおい、わたしはロボットに用はない。家をまちがえたのだろう、帰ってくれ」

いっこうに、ききめはなかった。命令を無視するロボットなど、聞いたことがない。

キダ氏は男に言った。

「話しても通じないらしい。押し出してしまってくれ」

「はい……」

男はこわごわ、ロボットを押した。しかし、効果はあがらなかった。ロボットの表面が、特殊加工されているらしい。つるつるしていて、手がすべって、どうしようもないのだ。勢いよく体当りしてみたが、なめらかすぎて力が加わらず、横にそれてしまう。男はキダ氏に報告した。

「ごらんのとおりです。わたしの手にはおえません」

「なにか、方法があるはずだ。なんとかして追い出せ」

キダ氏も手をかし、さらには近所の人にも来てもらって、いろいろと試みた。棒を使ってみたり、ナワでしばろうとしたりした。しかし、ロボットは氷以上に、きわめてなめらかで、すべて失敗に終った。

といって、ロボットのほうは、べつにあばれるわけでもなく、キダ氏のそばにじっと立っているだけだ。だが、無害らしくても、正体不明のロボットにくっつかれては、いい気持ちではない。なんとか、帰ってもらわねばならない。

キダ氏は、ロボットをよく観察した。製造会社の名がわかれば、そこに電話し、取りに来させようと思ったのだ。しかし、手がかりになるようなことは、なにも書かれていなかった。これでは、文句のもってゆき場がない。

考えたあげく、キダ氏は警察に電話して訴えた。

「じつは、変なロボットにつきまとわれて、困っているのです。なんとかしてください」

「で、どんなロボットなのですか」

「ええと、色は……」

と、キダ氏はくわしく説明した。すると、警察はさらに聞いてきた。

「なにか、あばれでもしましたか」

「いや、いまのところは……」

「それでは、警察の出る幕ではありません。物品をこわすとか、被害が発生すればべつですが」

「しかし、生活が乱されます。警察が力を貸してくださっても、いいでしょう」

「お気の毒ですが、これは規則です」

期待に反した、そっけない返事だった。まったく官僚的だ。警察がたよりにならないとわかり、キダ氏は腹をたてた。どうやら、自分の力で始末しなければならないようだ。

いい作戦も思いつかないまま、キダ氏はロボットを眺めていた。いまに、なにかをはじめるのではないかと思ったのだ。性格や目的がわかれば、対策の立てようがある。だが、ロボットはなにかをするけはいを示さなかった。キダ氏はあきらめ、ゴルフでもしようと思い、服を着かえて外へ出た。

すると、ロボットはあとについてくる。ゴルフ場を回りはじめても、やはり同じだ。ゴルフのバッグぐらい持ってくれてもいいと思ったが、ロボットはなにもせず、ただいっしょについてくるだけなのだ。キダ氏は気が散って、あまりいい成績をあげなかった。

別荘に戻って、キダ氏は食事をはじめた。その時も、ロボットはそばに立ち続けだった。しかし、少しだけ動作をした。テーブルの上の料理を、ちょっとつまみ食いしたのだ。キダ氏は首をかしげて言った。

「おまえは、なんのために作られたのだ。どこからやってきたのだ。なにも働かないロボットなど、わけがわからん。しかも、つまみ食いという、ロボットらしからぬことをやるとはな……」

しかし、ロボットはなにも答えず、正体は少しも判明しない。追い払うのが不可能となると、こっちが逃げる以外にない。

キダ氏は自動車に乗り、都会の自宅に帰ろうとした。しかし、ロボットもさっと車に乗りこんでしまう。その時の身動きだけは、いやにすばやいのだ。車外に押し出そうとしても、手がすべって力がはいらない。何回か試みたあげく、キダ氏はそれをあきらめ、帰宅をやめた。

覚悟をきめて、ベッドにはいった。夜中に飛びかかってくるのかもしれないという不安はあったが、ほかに方法はない。追い払うことも逃げることもできず、警察もたよりにならないのだ。ロボットは人を殺傷しないという原則を、信頼するほかはなかった。

しかし、なにごともなく朝になった。あたりを見まわすと、ロボットは消えてもいず、ベッドのそばに立っていた。ずっと、そこに立ち続けだったらしい。

キダ氏はロボットに、いくらか親密感をもった。敵意はないらしいと、わかったからだ。こんな生活が、三日ほどつづいた。依然としてロボットは帰ろうとせず、なにもやらず、正体不明のままだった。

ある日の午後、キダ氏は散歩に出た。人通りのない山道を、ゆっくりと歩いた。例によって、ロボットがついてくる。

景色のいい場所に来て、キダ氏は足をとめた。ロボットもとまる。影のような存在だった。しかし、キダ氏はそんなことにかまわず、パイプをくゆらせながら、湖や遠くの山々をぼんやりと眺めていた。

その時、とつぜん変化がおこった。ロボットが不意に動いたのだ。それとほとんど同時に銃声がし、なにかに弾丸の当る音がした。つづいて、もうひとつ銃声。その弾丸もロボットに当ってそれたらしい。キダ氏は驚き、ふるえながら身を伏せた。

キダ氏が安全な姿勢をとると、ロボットは銃声のしたほうにかけていった。これまた、すばやい動きだった。

やがて、銃を持ったひとりの男をつかまえてきた。手のひらの内側だけはすべらないようになっており、それで男をつかまえている。よほど強い力らしく、男はいかにもがいても逃げられない。

そのうち、どこからともなくかけつけてきた警官に、ロボットは男を引き渡した。キダ氏は警官に質問した。

「いったい、なにごとなのです、そいつは」

「あなたをねらって、殺そうとした男です。おそらく、あなたの会社の商売がたきからたのまれたのでしょう。どこの会社かは、取り調べて白状させます」

「しかし……」

キダ氏は、首をかしげたままだった。競争の激しい業界だから、そんなことを考える社があるかもしれない。だが、このロボットはなんなのだ。それは、警官が小声で説明してくれた。

「あなたがねらわれているらしいとの情報が、警察にはいったのです。そこで、わたしたちは、このロボットを派遣したのです。レーダーの性能もそなえており、弾丸を身をもって防いでくれます。また、犯人をとらえたら、電波で知らせてもくれるのです」

「なるほど、ボディガード・ロボットだったというわけか。しかし、それならそうと、電話の時に教えてくれてもよかったでしょうに」

とキダ氏は不満そうだった。だが、警官は、

「お教えすると、あなたは警戒なさり、犯人がなかなかつかまりません。そのほうが、かえって不安ではありませんか」

「そうかもしれないな。つまみ食いをしたのは、食事に毒がはいっているかどうか調べたわけだな。いや、こんなロボットができているとは、知らなかった」

「というわけですから、このことは内密に願います。他人に話されて悪人たちに知れると、つぎに効果が薄れてしまいます。故障した変なロボットにつきまとわれて困った、といった程度の話にとどめておいてください。いずれにせよ、ぶじにすんでよかったですね」

警官は犯人を連れて引きあげていった。ロボットもまた、任務を果したので、そのあとについて帰っていった。

キダ氏は残りの休暇を、ほっとした気分でゆっくりと楽しむことができた。

恋がいっぱい

ある春の日の午後。ひとりの女の子が、街を歩いていた。あたたかみをおびた風が、やさしく動きまわり、街路樹の芽がやわらかい緑を含み、ビルの壁もしっとりとした色になっている。

しかし、彼女の表情は、あまり楽しそうではなかった。なぜなら、いっしょに歩く恋人がいなかったのだ。ほかの人たちはみな、腕を組んだり話しあったりして、あかるく笑っている。それなのに、あたしには恋人がいないの。さびしく、つまらなかった。

彼女は、病院につとめている同性の友だちを、たずねた。そして、さんざんたのんで、一錠の幻覚剤をもらった。幻想の世界へさそいこんでくれる作用を持つ、薬のことだ。

もっとも、友だちもすぐには渡してくれなかった。

「そんなもの、飲まないほうがいいわよ。からだにもよくないし、人工的に夢を見る薬なんて、不合理なものだと思うわ」

「でも、あたしには、恋人がいないのよ。世の中は乾いた灰色なの。だから、幻の世界へ入ってみたくて、しょうがないの。このままなら、死んでしまいたいぐらいよ」

「死にたいなんて、むちゃよ」

「だから、一回でいいから、幻覚を見たいのよ。ねえ、一錠でいいから、ちょうだいよ」

「しょうがないわねえ。じゃあ、一錠だけよ」

友だちは負けて、一錠だけゆずってくれた。それから、飲む時の注意やなにやらを、くり返して告げた。

というわけで、いま、この女の子のポケットには、幻覚剤が一錠はいっている。これを飲んだら、どんな気分になるのだろう。あたりが虹色《にじいろ》に見えるのかしら、しあわせな霧に包まれたようになるのかしら。未知への期待とスリルとで、ちょっと胸がどきどきした。

そんなことを考えながら歩いていたので、道を曲がる時、ビルのかどでひとにぶつかってしまった。軽くよろける。

「あら、ごめんなさい」

あやまりながら見ると、ぶつかった相手はすてきな青年だった。スタイルも身だしなみもいい。彼女はなぜかひきつけられ、少し顔が赤くなった。

「いいえ、ぼくのほうこそ、ぼんやりしていて……」

その青年も彼女を見つめ、口ごもりながら言った。まじめそうな感じだった。

「……ぶつかったおわびに、そのへんで、お茶でもおごらせて下さいませんか」

「でも、なんだか変だわ。悪いのは、あたしの不注意なのよ。べつに痛くもないし、おわびだなんて」

「本当のことをいいますとね、ぼく、あなたとこのまま、お別れしたくないんですよ。あなたみたいに感じのいいかたに会った幸運を、のがしたくないんです」

「あたしもそんな気分だわ。なぜ、こんなふうになっちゃったのかしら」

彼女はなんだかおかしくなり、うれしくなり、思わず笑った。それは魅力的だった。

青年は言う。

「春だからかも、しれませんよ。まず、ごいっしょに、公園でも散歩しましょうか。チューリップが咲きはじめているかもしれないし、気の早いチョウが舞っているかもしれない。噴水の虹は、きれいですよ」

「いいわねえ」

二人はいっしょに、公園のほうへと歩いていった。歩きながら彼女は、ポケットから幻覚剤を出し、ぽいとほうりなげた。これにたよろうとしていた、さっきまでのしずんだ気持ちが、うそのように消えていた。もう、こんなものいらないの。持っていたら、飲みたくなるかもしれない、捨てちゃったほうがいいんだわ。

一組の恋人がうまれた。いやにあっさりと、できあがった。考えてみると、簡単すぎるような気がしないでもない。だが、春という季節のせいだからではなかった。春の女神は自然のよそおいにいそがしく、とてもこんなところまでは、手がまわらない。

本当の理由は、キューピットのせいだった。人びとの目にその姿は見えないが、この街角の赤と白の縞《しま》もようの日よけの上に、さっきからキューピットが腰かけていたのだ。

そして、幻覚剤をポケットに入れた女の子が、通りがかるのを見つけた。ポケットのなかまで、見とおすことができるのだ。あれあれ、あんなものを使っちゃいけないな。なんとか、とめなくては……。

といっても、キューピットにできることは、弓で矢を射る以外になかった。金色の弓に金色の矢をつがえ、うったのだ。矢は彼女に命中し、七色の粉となってくだけ散った。人を殺す武器ではないのだ。

キューピットの矢は二本で一組になっている。もう一本を、早くだれかにむけて、はなたなければ……。

あたりを見まわすと、ちょうどいいぐあいに、ひとりの青年がやってくる。独身で恋人もいないということは、キューピットにはすぐわかる。あいつにしよう。かくして、矢は青年に当り、二人はぶつかり、心をひかれあったのだ。

公園へむかう二人を見おくり、キューピットは日よけの上でつぶやいた。

「うまくいったな。いつものことながら、この矢の力はすばらしい。二本で一組のこの矢を命中させると、当ったものは、それぞれ愛しあうことになる。さて、こんどは、どんな人をねらうとするかなあ……」

その時、キューピットの口のなかに、なにか小さなものが飛びこんだ。あまり突然だったので、びっくりしたとたん、それを飲みこんでしまった。

「いま口に入ったのは、なんだったろう。まあいいさ、キューピットは、病気にはならないものなんだ」

それは、女の子が投げ捨てた幻覚剤だった。病気にはならなくても、薬の作用は受ける。酒に酔っぱらう神さまだって、あるのだ。薬はききめをあらわしはじめ、キュ

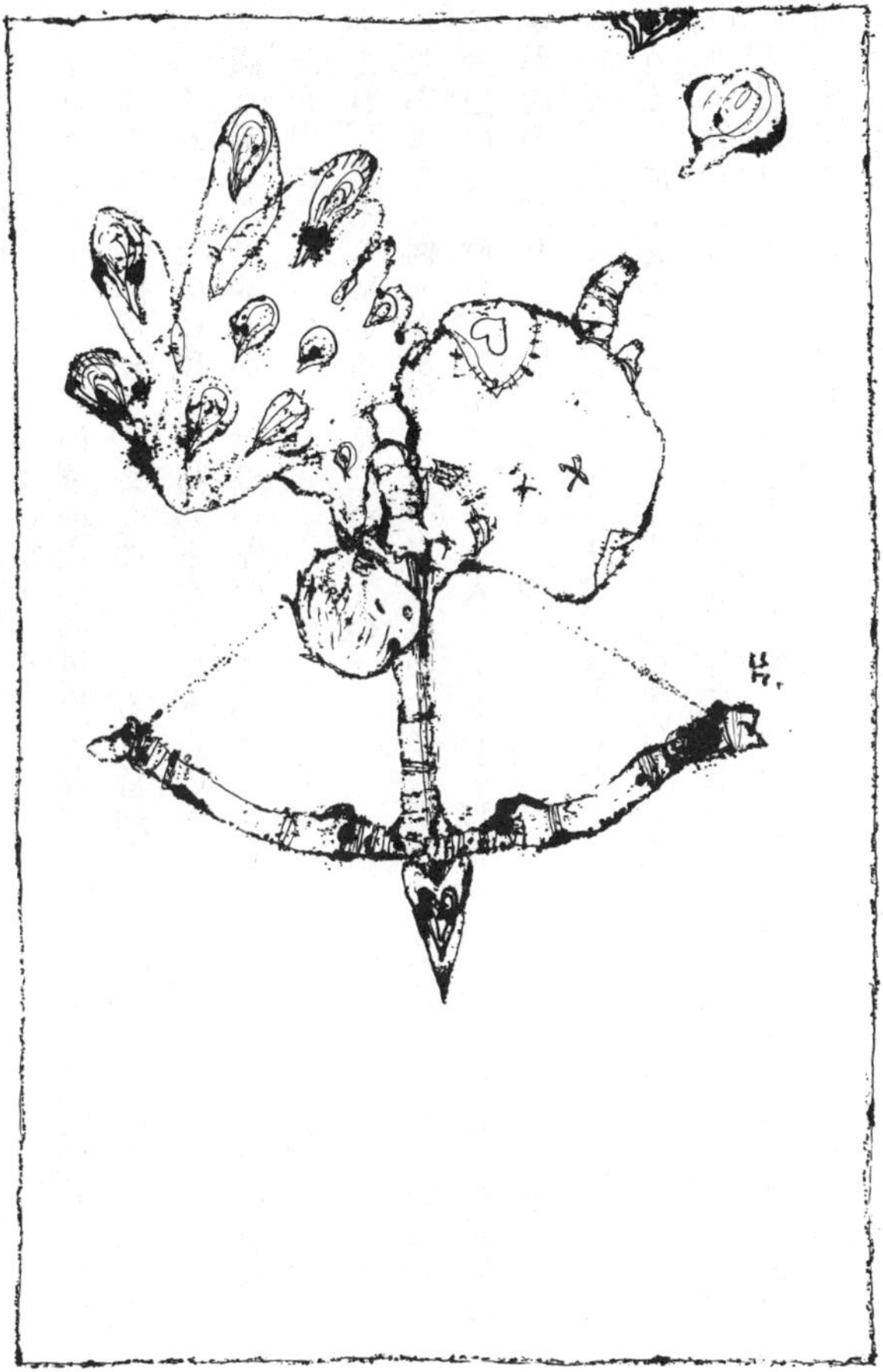

ーピットを夢の国へとさそいこんだ。

キューピットは、人間の夢のなかの世界の存在だ。そこでの夢というわけだから、この世のほうに出現してしまうことになる。普通なら人間の目には姿が見えないのだが、それがしだいに現実のものとなってきたのだ。

通りがかりの婦人が、けはいを感じてふと上を見あげ、キューピットをみつけて叫び声を口にした。

「あれ、あそこにいるのは、だれなの」

たちまち、何人かが集まる。日よけの上に、翼をつけた裸の坊やがいるのだ。手には金色の弓を持ち、背中には矢を入れたものをしょっている。ふしぎな光景だ。

「お店の、飾りの人形じゃないのか」

「いや、生きているよ。ほら、まばたきをした」

などと話しあっている。小学生の男の子はこんなことを言った。

「どこかの星からきた、宇宙人だよ。宇宙人にきまっているよ」

人だかりはますます大きくなり、警官もかけつけてきた。人ごみをかきわけながら、前へ出てきて呼びかける。

「おい、そんなところでなにをしている。いったい、だれなんですか」

「ぼくはキューピット」

キューピットは答えた。幻覚剤がきいているので、ぼんやりした目つき、ものうげな口調だ。警官はばかにされたのかと思い、きつい声で言った。

「キューピットごっこもいいが、裸でそんなところへ乗ってはいけない。みなが騒いで、通行人が迷惑します。おりてきなさい。むりにでも引きおろします」

「だって、ぼく、とてもいい気持ちなんですよ。しばらく、こうやっていたいんです。じゃましたりすると……」

キューピットは矢をつがえ、警官をうった。やりつけている動作なので、薬がきいていても、これだけは早かった。警官はよけるひまもなく、拳銃《けんじゅう》を抜くひまもなかった。しかし、命中はしても痛みはなく、七色の粉が散っただけなので、彼は首をかしげる。

「さて、もう一本はだれにしよう……」

キューピットは見まわし、道のむこう側の花屋の女の子にむけて、うった。そのとたん、彼女と警官とのあいだに愛がめばえ、さわぎをそっちのけで親しげに話しはじめた。手をにぎりあい、小声で歌をうたいだした。

こんどは、若い女の人が前へ出てきた。小児科専門の女医さんだった。

「あらあら、この坊や、夢遊病の症状みたいだわ。ねぼけて、こんなところへ出てきてしまったのよ。おっこちたら危いわ。早くおろしてあげましょう。どなたか、手をかしてくださらない……」

「いいですとも。ぼくが、だきあげてあげましょう。そうすれば、とどくでしょう」

と若い男がそばへ進み出た。だが、キューピットはその二人をもめがけて、つぎつぎに矢をはなった。たちまち、二人のあいだには愛がもえあがる。キューピットのことなど忘れて、語りあうのだ。恋する者にとって、ほかのことは目に入らないのだ。

「あら、すてきなかたねえ」

「あなたこそ」

「もっと人のいないところへ、行きましょうよ。あたし、お医者なのよ」

「そうでしたか。ぼくは薬品の研究をやっているんです。きっと、お話があうかもしれませんね」

その急な変わりぐあいを見て、集まった人びとは、ささやきあった。

「どうやら、本物のキューピットのようだぞ。冗談やお芝居では、ああはできない」

「それがなぜ、こんなところに出現したのだろう」

理由はだれにも、わかるわけがなかった。なかには「あんな矢に当ったら大変だ」

と、あわてて逃げる者もある。すでに恋人のある人や、結婚している人たちだ。それた矢に当ったりしたら、ひとさわぎおこる。

その一方では「ねえ、あたしをねらってよ」と押しかける人もある。もちろん、恋を得たい人たちだ。

押しあいへしあい、その声は遠くまでひびく。外国から来ているスパイは、なにごとだろう、革命でもはじまったのかと、ようすをさぐろうとそっと近づく。キューピットの矢は、それにも当った。そして、組となっているもう一本の矢は、やはり別な国からの女スパイに命中した。

「おきれいなかたですね。一目で、好きになってしまいましたよ」

と男のスパイが笑いかけると、女のスパイもにっこりと答えた。

「あなたも、感じのいいかたですわ。静かなところへ行って、二人きりでお話しましょうよ。じつは、あたしA国のスパイなの。面白い情報を、たくさん知ってるわよ」

「同業のかたとは、うれしいですね。ぼくはB国のスパイなんです。おたがいの国どうしは対立していても、愛には国境なんかありませんよ」

「ええ、あってはいけないわ。あたしの国の最高機密はね……」

いまや恋人となった対立国のスパイは、情熱に燃えた目をみつめあい、語りあいはじめるのだった。

キューピットの出現によってひきおこされたさわぎは、大きくなるばかり。だが、当のキューピットは首をふりながら、ぼんやりとつぶやく。

「うるさいなあ。みな、なにをさわいでいるんだろう。せっかく、いい気持ちになっているのに。面白くない。べつなところへ行こうかな……」

人間ならふらふらと歩きはじめるところだろうが、キューピットは背中の翼でたよりなげに飛びはじめる。そして、飛びながら矢を射る。幻覚剤がさらに深くきいてきたので、ねらいが狂い、いつもとちがう変なものに命中する。

道を走っている、自動車にも当った。一本は青い自動車に、一本はうすみどり色の自動車に命中。その自動車は速度をゆるめ、道路のまんなかで、おたがいに車体をよせあって、とまってしまった。

青い自動車の男が言う。

「困りますよ。車をくっつけてきては」

うすみどり色の自動車を運転していた女が、窓をあけて言う。

「あたしのせいじゃないわ。車がしぜんに、こうなっちゃったのよ。手におえないの。

そっちはどう……」

「じつは、こっちも車が不意に、いうことをきかなくなっちゃったんです。へんですねえ。しかたありません。そっと車を動かし、同じ方向に進んでみましょうか。このままでは、ほかの車のじゃまですから」

やってみると、二台の車はよりそったまま、ゆっくりと動きだした。

いい気分のキューピットは、ぽんぽんと矢をうちまくる。こっちのビルと、あっちのビルに命中したのもある。こっちのビルには住宅建設会社の本社があり、あっちのビルには童話の本の出版社があった。矢のききめは、ここでもあらわれ、二つの会社の社長のあいだで、こんな電話がかわされた。

「こちらは住宅会社ですが、なぜだかわからないけど、これからの住宅は童話的でなければいけないと思いつきました。すぐに、そちらの会社のことが、頭に浮かんだわけです。どうです、合併をしませんか。うまくゆくと思いますよ」

「これはこれは、なんということでしょう。こちらでもいま、そう考えたところですよ。童話は、その表現技法を住宅の分野まで発展させるべきではないか、というわけです。会社の合併をいたしましょう。この試みは、世界でもはじめてのアイディアでしょうね」

「それにしても、なぜ急に、こんな名案が出たんでしょう」

キューピットの矢は、サーカス小屋のなかにも飛びこんでいった。そして、一本はライオンに、一本はクマに命中した。

サーカスの団長は驚いた。いつもは仲が悪くて困っていたライオンとクマが、急に仲よくなったのだから。しかし、大喜び。すぐに観客の前へと出した。お客たちは拍手をした。こんな珍しいショウはない。ライオンとクマとが手をとりあって踊るところなど、はじめて見たのだ。

キューピットは高く飛んだり、低く飛んだり、キラキラと光りながら風に流されたりし、公園の上に来た。

幻覚剤がきいているので、みさかいなく矢を射る。ブドウの棚とサクラの木に命中したのもある。ブドウがサクラにささやいた。

「サクラさん。そばにいながら今まではなんとも思っていませんでしたが、あなたが急に、好きになってしまいましたよ」

「あたしもそうなの、ブドウさん」

「サクラさん、あなたを、だきしめたくなってしまいました」

ブドウは棚にからみついていたのをやめ、サクラの木に巻きついた。

「ブドウさんにこんなことができるとは、考えてみたこともなかったわ」

「愛の前には、不可能はないんでしょう。もっと愛しあったら、サクランボをブドウのようにみのらせることだって、できるはずだ」

キューピットの矢は乱れ、どこへ飛ぶかわからないほどになった。一本は空を飛んでいる白いハトに命中し、一本は池のなかの金魚に命中したりもした。

金魚は池から空中へ出て、ゆらゆらと泳ぎ、ハトと並んで話しかけた。

「あたし、ハトさんが急に好きになっちゃったの。そばへ行きたいと思いをこらしてやってみたら、こんなふうに飛べたのよ。愛って、すべてを可能にするものなのね。だけど、面白いわね、飛ぶのって」

「こっちもそんな気持ち。だったら、泳ぐことができるのかもしれないな。やってみようかな」

ハトは舞いおり池の上へ来た。それから思いきって水にとびこんだ。泳げるのだった。金魚といっしょに、羽を動かし、水のなかを楽しく泳ぎまわった。

キューピットは、さらに射る。噴水の虹《にじ》に当ったかと思うと、もう一本は遠くのテレビ塔に命中する。すると、テレビ塔の上に美しい虹の輪が巻きつくのだった。

しかし、やがて矢も残り少なくなってきた。

「やれやれあと二本か。よし、大きなことをやってやるぞ」

幻覚剤で気が大きくなっている。キューピットはその一本を地面にむけてうった。そして、最後の一本を空にむけた。春の午後のうすく光った昼の月が、そこにある。それにねらいをつけ、弓を引きしぼった時、そばで声がした。

「とんでもないことをするやつだ。あの月に命中したら、地球と愛しあって落ちてくるぞ」

その声の主は神さま。ようすがおかしいので、やってきたのだ。だが、キューピットはぼんやりした口調で言う。

「面白いじゃないの。どうしていけないの」

「ははあ、なにか変な薬を飲んだようだな。このごろの地上は、注意をしないと、どんなことに巻きこまれるかわからんな」

神さまは手当てをし、キューピットのからだから薬を追い出す。作用はおさまり、キューピットの姿はもとのように、人びとの目には見えないように戻った。それと同時に、キューピットの夢も消えた。つまり、この異変がおさまったのだ。

ハトは空に帰り、ブドウはもとの棚に帰り、なにもかも、白昼夢が終ったようにもとへ戻った。しかし、幻覚剤を投げ捨てた女の子の恋はそのまま。その時はキューピットもまだ、幻覚に入ってはいなかったからだ。

足あとのなぞ

おれは私立探偵。ある冬の朝、ベッドのなかで眠っていると、枕もとで電話のベルが鳴った。やれやれ、こんな早くからだれだろうと思いながらも、受話器をとって言った。

「もしもし……」

身を起こしながら窓のそとを見ると、雪がつもっていた。美しく白く輝いている。

「どうも、朝っぱらから気の毒だが……」

その声で、電話の相手はエヌ氏とわかった。彼は工場をいくつも持つ会社の社長で、おれによく仕事をまわしてくれるのだ。時どき妙な事件がまざるが、金払いはいいし、いい依頼主といえる。しかし、けさの口調は、なぜかあわただしい。

おれは聞いた。

「どうかなさいましたか。雪がきれいに降りつもった朝だというのに」

「どうもこうもない。昨夜、わたしの家に泥棒が入ったのだ。午前二時ごろだったかな、わたしをしばりあげ、ゆうゆうと室内を荒らし、窓から逃げていった」

「それは大変でしたね」

「わたしは苦心さんたん、やっとナワをほどき、きみに電話をかけているというわけだ」

「わかりました。すぐ、おうかがいしましょう。手がかりをなくすといけませんから、そのへんをいじらないで待っていてください」

おれは服を着かえ、さっそくエヌ氏の家へ出かけた。大きな家だ。門から玄関まで、きれいな雪の上に、おれは足あとをつけながら歩いた。

エヌ氏はおれを待ちかねていた。

「いや、ひどい目にあったよ。わたしはしばられ、目かくしをされて床にころがされ、あけっぱなしの窓から吹きこむ寒い風にさらされ、どうしようもなかった」

部屋を見まわすと、さんざんに荒らされていた。戸棚のなかのものも、机のひき出しの品も、床の上に散らばっている。おれは窓を指さしながら聞いた。

「ここから逃げていったのですね」

「そうだ。玄関から出てゆくか、窓を閉めてゆくかしてくれればいいのに、あけっぱなしだ。おかげで、わたしはかぜをひいた」

エヌ氏はクシャミをし、鼻をかんだ。おれは窓から外を見た。話の通り、窓の下から足あとが雪の上に点々と残っている。おれは一応、足あとの形を写真にとった。目で足あとのゆくえを追っているうちに、おれはあることに気がついて言った。

「どうも変ですね」

「なにが変なんだね」

「足あとが、途中でとぎれています」

「本当か、それは……」

本当だった。広い庭の中央あたりまでつづいていた足あとが、そこで終っているのだ。なんとも異様な印象だった。

「近くまで行って、よく調べてみましょう」

おれとエヌ氏とは、庭へ出て、その足あとをたどっていった。足あとの終るへんまで来ると、少しこわくなった。犯人が透明人間かなにかで、そこにじっと立っているのではないかとも思えるのだ。

おれはためしに、雪をにぎって、そのあたりにぶつけてみた。もちろん、それはすどおりした。透明人間ではないらしい。エヌ氏は言った。

「いったい、こんなことがありうるのだろうか」

「ありえないといっても、げんに目の前でそうなっているのですから、しょうがないでしょう。もっとも推理小説には時どき出てきますが」

「どう説明してあるのだね」

「犯人はここまで歩いてきた。それから、うしろむきに自分の足あとをたどりながら、あとへ戻ったというわけです。それなら、こうなる場合もあるでしょう」

おれが話したら、エヌ氏は笑った。

「ばかばかしい。なんで、そんなことをする必要がある。まあ、かりにそうだったとしても、犯人は家に戻っていなければならぬ。しかし、けさはたまたま、家にはわたしひとりだった。それだから、簡単に侵入できたのかもしれないがね」

「なるほど……」

家のまわりに、出ていった足あとはほかにない。しかし、おれは推理小説にこだわりながら言った。

「家にだれもいないとは、断言できないでしょう。あなたがおいでだった。つまりですね、あなたがねぼけて夢遊状態になり、部屋のなかであばれ、庭へ出てもどってきたという可能性だって、考えられます」

「ますます、ばからしい。わたしは、しばられたんだぞ。自分で自分を、ぬけ出すのに苦心するほど、どうやって、しばることができるんだ」

「そういえばそうですね。では、べつな仮説を立てましょう。犯人はここで棒高飛びをしたか、スキーを利用したか。どちらかです」

「冗談じゃない。逃げる途中でそんな遊びをする犯人など、あるものか。第一、棒のあとも、スキーのあとも、雪の上になにも残っていないではないか」

エヌ氏は、異議をとなえた。なんでおればかりが、頭をひねらなければならないのだ。それが商売の探偵だからか。

「では、もっと単純に考えましょう。犯人はここで空へ逃げたのです。たとえば、ヘリコプターから下がったナワバシゴへつかまったとか、気球で浮かんだかしたのです」

「それも無茶だ。このそばには、あの通り高圧線の電柱がある。あの電線に触れれば、即死だ。いくらなんでも、そんな危険をおかすことはない。歩いて逃げたほうが、よっぽどいい」

たしかにそうだった。

「おっしゃる通りです。では、さらに単純に考えてみましょう。犯人はなんらかの原因で、ここで本当に消えたのです。たとえば、いま流行の蒸発です」

「おい、気はたしかかい。本当に蒸発したのなら、雪だって少しはとけるはずだが、そんな形跡もない。ほかに、どんな原因が考えられるというのだ」

「たとえば、タイムマシンで過去なり未来なりへ……」

「いいかげんにしてくれ、SFの読みすぎだ。タイムマシンがあれば、こんなけちな泥棒なんか、しないでもいいだろう。万一そうだったとしても、タイムマシンのあとが残っていなければならん」

「それでは、犯人が宇宙人だったというのは、どうでしょうか。宇宙人なら、これぐらいのことは……」

「しっかりしてくれよ。宇宙人がなんで、わたしの家などにやって来る。盗んだ上にしばってゆくなど、そんな安っぽい宇宙人などあるものか」

おれの旗色は、よくなかった。こんな議論をしていてはいかん。考え方を振り出しにもどし、根本的に考えなおすべきだ。おれは質問した。

「いったい、なにをとられたんです」

「さて、金だろうと思うが……」

「いくらぐらいです」

エヌ氏は家のなかを調べはじめた。そのうち、紙入れを手にしていった。

「いや、金はちゃんと残っていた。証券類も残っている。となると、べつな物のようだな……」

床にちらばっている品々を片づけながら、エヌ氏はいった。

「わかった」

「なんだったのです」

「ある装置の試作品だ。わが社で開発したものだ。高性能人工造雪機だ。水のタンクが付属しており、いとも簡単に雪ができる。これを大規模にすれば、スキーシーズンを大幅にのばせるというものだ」

それを聞いて、おれはへなへなとなった。

「なんで、それを早く言ってくれなかったのです。それを使って足あとを雪で埋めながら逃げたんでしょう。試験をして目ざす品物だったかどうかをたしかめながらです。それを知らないでいたため、あなたからばかげているの、どうかしているのと、さんざん文句をいわれたんですよ」

「すまん、すまん。費用はいくらでも出す。なんとか取りかえしてくれ。他社の手に渡ったら一大事だ」

「わかりました」

産業スパイのしわざとわかれば、あとは簡単だ。おれはその種の製品を扱いそうな会社に網をはり、すぐにつかまえた。

かくのごとく、エヌ氏は景気のいい依頼主なのだが、まったくあわてもので困ってしまう。

抑制心

あなたは教養があるうえに、デリケートな感覚を持ち、礼儀についてもよくわきまえておいでのようだから、この私の気持ちを、なんとかわかっていただけるのではないかと思う。

それは、人通りの多い道ばたで、銀貨の落ちているのを見つけた時の気分によく似ている。

一瞬、はっと足をとめる。つぎには、見まちがいではないかと、まばたきをしてみる。そして、銀貨にまちがいないと知って、胸が激しく波を打ちはじめるのだ。

しかし、心のなかの理性は、それに伸びようとする手を、強く押しとどめてしまう。拾ったりせずに、そのまま歩きつづけたほうがいい。ものかげからだれかが、ひとの悪い目つきで、のぞいているかもしれないではないか。

また、そうでなくても、思いきって、身をかがめて拾おうとしたとたん、ちょうど通りがかった人も、同じように身をかがめ、はちあわせをした時の気まずい状態を、考えてもごらんなさい。

すべての血は逆流して頭に集まり、わけのわからない言葉を口のなかでつぶやきながら、足早やに、その場をはなれなければならなくなる。

しかも、それだけではすまない。そのことを思い出すたびに、何日も何日も、ひや汗を流し、ひとりで恥ずかしい思いに、ひたらなければならないのだ。

こんなことになるくらいなら、銀貨がどんなに気になったとしても、拾おうなどと考えないほうが、よっぽどいい。あなただって、そうではないだろうか。

あ、もっといい形容を思いついた。食べ物についてのことは、やはり食べ物を例にとったほうが、どうも、ぴったりするようだ。

友だちどうし大ぜい集まって、机をとりかこんで楽しく語りあっている時のことを、ちょっと想像していただきたい。その机の上には、たくさんのお菓子が盛られた皿がある。みなは時どき、それを口に入れながら、談笑をつづけてゆく。

だが、そのうち、さっきから、私が形容に苦心している気分のみなぎる時がやってくる。皿の上のお菓子の数がしだいにへり、最後のひとつとなった時だ。だれ一人として、それには手を伸ばそうとしなくなる。

もちろん、それを手にとり、自分の口に入れてはならないという理由はない。だが、それをやると、

「あいつ、とうとう最後のひとつを、食べやがった。いやしい、図々《ずうずう》しいやつだ」

という感情のこもった視線が、集中するかもしれないのだ。だれものこの同じ思いが、皿の上にお菓子をひとつだけ、いつまでも残しておく。

内心ではお菓子のことを気にしながらも、だれもかれも、もうお菓子はたくさんだ、といった表情をよそおって、そしらぬ顔で談笑をつづけてゆく。ちょうど、毒でもはいっているかのように……。

こんな状態のことなのだ、私があなたに知らせたがっているのは……。

いくら私が吸血鬼でも、食べ物のことで、恥ずかしい思いを味わいたくはない……。あ、吸血鬼という言葉が急にでてきたからといって、そう変な顔つきに、ならないでもらいたい。

もっとも、無理もないかもしれない。吸血鬼、人をおそって血を吸い、吸われた者は、外見は変わらないまま、同じように吸血鬼となってしまうという、伝説上の現象。

私だって、自分が吸血鬼にされるまでは、やはり単なる迷信と思っていた。

だが、自分がなってしまった今では、信じないわけにはいかない。私ばかりか、吸

血鬼は、ほかにもたくさんいる。はっきり言ってしまえば、あなたを除いた全部が吸血鬼だ。

まあ、そうあわてて、あたりを見まわしたりする必要はない。あなたの逃げ場は、どこにも残されてはいないが、あなたの安全は保証されているようなものだから、決して心配することはないのだ。だれだって内心では、あなたの新鮮で温かい血を、考えただけでものどの鳴るような血を、吸いたいことに変わりはない。しかし、そんなことをしたら、あとで仲間にどんな目つきで見られるかも、充分に知っている。

だから、そしらぬ表情をいつまでもつづけ、あなたに手をつけるなどということは、おこるわけがないのだ。

みごとな効果

　ある夜のこと、エヌ氏が道を歩いていると、そばの家から、大きな声が聞こえてきた。

「やっとできたぞ。ほれ薬の研究が、ついに完成した。これさえ飲めば、女性が争って、そばへやってくるはずだ」

　思わず足をとめると、小さな研究室があった。のぞいてみると、液体の入ったビンを手に、老博士がうれしそうな顔をしている。その博士のあげた声だったのだ。エヌ氏はなかに入り、話しかけた。

「通りがかりに耳にしたのですが、ほれ薬をお作りになったとは、本当なのですか」

「そうだ。これを飲むとからだのなかで変化がおこり、においのついた汗が出る。そのにおいの作用で、女性を強力にひきつけるという原理だ。一回飲めば、十時間ほどきく」

エヌ氏は、身を乗り出した。

「それはすごい。ぜひ、わけて下さい。いままで、女性にもてたことがないのです。お願いです」

「しかし、これはわたしが飲むために作ったのだ。それに、とても高価な原料が使ってある。せっかくだが、あげられません」

ことわられたが、エヌ氏はあきらめきれなかった。といって、たくわえもないので、金を払って買いとるわけにもいかない。

そこでエヌ氏は、ついに非常手段に訴えた。博士に飛びかかり、しばりあげ、薬を取りあげて飲んでしまったのだ。そして、大急ぎで逃げ出した。

しばらく駆け、もう大丈夫だろうと足をゆるめた。からだが汗ばんでいる。うしろを振りかえってみると、どこからあらわれたのか、何人もの女性がついてくる。

「あの人は、あたしのものよ」

「あら、あたしのほうが先にみつけたわ」

などと言い争い、おたがいにさまたげあいながら、あとを追ってくるのだ。エヌ氏はいい気分だった。こんなふうに女性にもてるのは、うまれてはじめてのことだ。

そのうち、ひとりの女が勝ちをしめた。ほかの者を追い払い、エヌ氏のそばへ来て、手をしっかりとにぎった。

「あなたは、あたしのものよ。もうはなさないわ。いいでしょう」

「そんな言葉を耳にするとは、夢のようだ」

満足そうなエヌ氏に、女は言った。

「さあ、いっしょに行きましょう」

「いいですとも。しかし、どこへ……」

「警察よ」

「なんですって……」

とエヌ氏は驚いて聞きかえした。

「あそこなら、ほかの女にじゃまされないで、二人きりになれるわ。あたし婦人警官なの。だから、ほかの人たちを追い払うの、うまかったでしょ。あなたがなぜ、あたしをこんなに夢中にさせてしまったのか、そのわけを、まずゆっくりお聞きしたくてならないわ」

神

大きな会社を経営しているアール氏に招かれ、エフ博士はその本社のビルへ出かけた。アール氏の会社は、小はオモチャから大は船まで製造し、食料品や化粧品も扱い、さらには貿易までもやるという、多角経営の会社だった。

りっぱな部屋に通されると、アール氏が現れて、言った。

「よくおいでくださいました。じつは、博士に、おりいってお願いがある。ぜひ作っていただきたいものが、あるのです。お礼は、いくらでも払います。必要なら、費用や資材は惜しみなくお使いください。どんなに使っても、それについて少しも文句はいいません」

「いったい、なんなのですか。なんだかいい条件のようなお話ですから、わたしもひと働きしていい気持ちになってきました。しかし、なにを作ればいいのでしょう」

「それが、普通のものではないのです。作っていただきたいのは、神です」

というアール氏の答えで、エフ博士は目を丸くした。

「神ですって。本気なんですか。また、なんでそんなものを……」

「驚くのも、もっともだ。だが、決して冗談ではない。わたしはこれだけの会社を経営し、景気もよく、金まわりもいい。しかし、静かにひとりで考えると、やはり信仰の大切なことが、痛切に感じられてならない。そこで、世のために役だつようにと、このような大計画を思いついたのだ。神を現実に作ることができれば、世の人びとは、みな信仰心をもつようになるにちがいない。神の存在を疑う者など、なくなってしまうはずだ」

どことなくもっともなようで、どことなくおかしいような理屈だった。しかし、エフ博士はこのような大問題を出され、かえって意欲がわき、乗り気になった。それに、金も思いのままに使えるのだ。

「やってみましょう」

「たのむぞ。すべて一任する。好きなようにやってくれ」

アール氏は、書類を作成した。ビルのなかの、好きな部屋を使ってもいい。人員をどう使ってもいい、無制限に金を使ってもいいという証明書だ。

エフ博士はビルの一室にこもり、いろいろと案をねった。神を作るなどという方法は、どんな本にも出ていない。こんなことを研究した学者は、いままでになかった。したがって、どこから手をつけていいか、大いに迷ったのだ。

しかし、何週間か考えたあげく、ひとつの方針を思いついた。エフ博士はさっそく、最新で大型のコンピューターを注文した。精巧で高性能で、まさに科学の先端。まもなく、それは運ばれてきた。たいへんな金額だったが、請求書をアール氏のほうに回すと、すぐに代金は支払われた。この点は約束どおりだった。

つぎにエフ博士は、世界じゅうの調査機関と契約を結んだ。人びとが神というものについてどう考え、どう信仰しているかを聞き出そうというのだ。報告が集まれば、それをかたっぱしからコンピューターに入れてゆく。

つまり、神に関するあらゆるデータをつみ重ねてゆけば、この装置は神と同じ性格をもつに至るはずだという計画だった。神と同じ性格なら、すなわち神ではないか。

世界の各地から、さまざまなデータが集まった。アフリカ奥地の老人、アラビアの婦人、南太平洋の島の舟乗り、アメリカの牧場主、イギリスの貴族、スペインの農民など、ありとあらゆる地方の、ありとあらゆる信仰をもつ人の、神に対するイメージが収集されたのだ。

「神は静かにわれわれを見まもっていてくださる」とか「神はすべての幸福の泉」と

か「恥しらずの人は神にも見はなされる」とか「神の怒りは恐ろしい」とか、さまざまな答えが毎日のように集まり、ひとつの流れとなって装置にはいっていった。

もちろん、宗教関係者や宗教学者からは、もっとくわしい話を語ってもらった。一方、図書館では手わけして神についてのさまざまな文献を調べ、それらもまた装置に送られた。賛美歌をはじめ、神をたたえるあらゆる詩もおさめられた。貧しいけれど信心ぶかい少女がどうしたという、童話のたぐいも含まれていた。

内容の重複は当然あったが、それはコンピューターのほうが整理してくれる。このようにして、作業は進められていった。

エフ博士の友人のなかには、計画を知って忠告する者もあった。

「なんだか、心配になってきたぞ。神を作るなどとは、人間に許された行為ではない。いいかげんで、やめるべきだ」

「いや、やめる気はない。新しい分野を手がける者は、だれでもそういわれる。太陽系の動きを立証しようとしたコペルニクス、種痘《しゅとう》を作ったジェンナー、進化論をとなえたダーウィン、みなそうだった。だから、とめないでくれ。成功したら、ものすごいことになるはずだ。もっとも、どんなことになるかは予想もつかないがね……」

エフ博士はますます張り切り、その作業に熱中した。日数がたつにつれ、その装置は正確に神に近くなっていった。

ある日、アール氏がやってきた。

「どうだね、進行状況は。いやいや、気にしなくていい。わたしは、さいそくに来たのではない。なにもかも一任し、よけいな意見はいわないという約束だった。しかし、ようすを知りたくてならなくなったのだ」

エフ博士は迎えて言った。

「ご安心ください。すべては順調に進行中です。わたしからあれこれ説明するより、まあ、ごらんになってください」

博士はアール氏を装置のある部屋に案内し、室内の照明を消した。暗いなかで、それは、ほのかな金色に光っている。アール氏は言った。

「これは、どういうことなのだ。なにか発光性の塗料でもぬったのか」

「いえ、そうではありません。しぜんに、こうなったのです。原因をいろいろ調べてみましたが、金色に光るようになった理由は、どうしてもわかりません。つぎこまれたデータがふえるにつれ、このようになってきたのです。神々しい感じでしょう」

「なるほど。たしかにそうだ」

あたりには、どことなく神々しい感じがみなぎっている。カチカチという音も、はじめのころとちがい、おごそかな調子をおびている。明滅するランプも、神聖なムードをただよわせている。なぜそうなったかは、これまたわからないのだった。

　これらを見てアール氏は満足し、エフ博士を激励して帰っていった。


　エフ博士は、作業をさらに進めた。きみわるがって逃げ出す部下も出たが、それは高給によってすぐ補充した。中止したほうがいいと忠告する人も、相変わらずあったが、それには耳を貸さなかった。

　神の概念は、世界の果てからもたんねんに収集され、その数は何億項目にも達した。精巧をきわめたコンピューターの内部では、それらが分類され整理され、統合され、ひとつの性格を形成しつつあるはずだった。それが最終段階に至れば、装置は神と化す。神がここに出現するのだ。そして、それもあとまもなくなのだ。

　エフ博士は意気ごみ、不眠不休で仕事にはげんだ。

　しかし、ある夜。思いがけないことが起こった。装置がしだいに薄れてゆくのだ。存在がぼやけつつある。

　エフ博士をはじめ関係者たちは大さわぎをしたが、どう手をつけていいかわからず、ただうろうろするばかり。原因はまるでわからない。やがて、装置は、あとかたもなく消えてしまった。

それを聞きつけて、アール氏もやってきた。期待していたものの消失を知り、エフ博士に文句を言った。

「どうしてくれるのだ。わたしはいままできみにまかせて、好きなようにやらせてきた。それなのに、こんなふうにされてはたまらない」

エフ博士は弁解しながらいった。

「わたしも、こうなろうとは、予想もしませんでした。しかし、こうなってしまいました。神というものは、超感覚的な実在なのでしょう。見たりさわったり、できないものなのです。だから、最終段階で、消えたのです。装置が神となった証明でもあります。すなわち、完成したわけであり、わたしの任務はすんだというわけです」

「いや、そうではない。約束では、完成したらわたしに渡してもらうことになっている。その責任を果たしてもらいたい」

「むりですよ。研究は実現したのですし、神は、みなのものなのですから、これでいいではありませんか。いったい、なぜ、そう神をほしがるんです」

エフ博士が聞くと、アール氏は興奮して叫んだ。

「これで、わたしの名案もめちゃめちゃだ。じつは、商売に使うつもりだったのだ。

神が完成し、わが社についていてくれれば、どんな商売がたきにも負けないですむ。会社はさらに発展し、利益も一段とあがるはずだった。だからこそ、大金を投じたのだ。それなのに、このざまだ。消えるとは、なんたるざまだ。こんなことになるくらいなら、神など作らなくてもよかったのだ。ちきしょうめ。神などくそくらえだ……」

アール氏はさんざん毒づき続けた。

その時、そとで雷鳴がとどろき、窓から一筋の電光が突入してきたかと思うと、アール氏をなぎ倒した。即死だった。

あまりのことにエフ博士は呆然《ぼうぜん》としていたが、やがて気をとりなおし、窓からそとを見た。遠くで雷鳴がとどろいていた。

落下した隕石《いんせき》が、どこかの家をぶちこわしていた。あの家には、神の怒りにふれた者がいたのだろう。目には見えないが、いまや神が実在するのだ。

エフ博士はふるえていた。だれもがそうだった。みなの耳にラジオの臨時ニュースが、火山の爆発や洪水《こうずい》などの突発事故を告げはじめていた……。

最高の悪事

「ボス、このところ、なんだか元気がありませんね。心配です。どうかなさったのですか」

子分のひとりが言った。ボスと呼ばれたのは、中年の男。すごみのある顔つきで、鋭い目をしている。ある犯罪組織の首領なのだ。

しかし、このごろずっと、その肩書きにふさわしくなく、豪華な机にむかってじっとしている日が多い。子分が事情を聞きたくなるのも、もっともだ。ボスは答えた。

「からだのぐあいは、なんともない。わたしはある問題について、考えつづけているのだ」

「これは、驚きました。ボスが物思いにふけるとは……」

子分がふしぎがるのも当然。このボス、若いころから、なにかというと無茶な暴力をふるって名をあげ、顔を売り、強引な実行力でなわばりをひろげ、今日の大きな犯罪組織を作りあげたのだ。思慮ぶかいとか、センチメンタルとは、およそかけはなれた性格の主。

ボスは言う。

「なにも、変な顔をすることはない。つぎの計画を、ねっているのだ」

「そうでしたか。安心しました。ボスがそんなに熱心に考えているのですから、きっと大仕事なんでしょうね」

「そうだ。しかし、ただの大仕事では、面白くない。回想してみると、わたしはこれまで、悪事悪徳の限りをつくしてきた。しかし、まだやってない悪があるのではないかと、思えてきたのだ」

「ははあ……」

「それをやりたいのだ。なにか、あっというような、ものすごく派手で、悪の歴史に残るようなやつをだ……」

悪の魅力にとりつかれたような感じだ。たいていのことをやりつくした悪党のボスとなると、そんな心境になるのかもしれない。大物への尊敬の念のこもった口調で、子分は指を折って数えながら言った。

「傷害、恐喝、強盗のたぐいは、われわれ何度もやりましたね」

「とっくのむかしにやったし、何回となくやり、いずれも成功した。なわばり争いにからんで、殺人もやった。また、保険金を取るための、放火もやった。詐欺などは、数えきれないほどだ」

ぶっそうな言葉がぽんぽん出るが、それを話すボスの顔にはあきあきしたという表情がある。悪事の中毒症状で、まともなことでは満足できないわけであろう。

子分は思いつくまま、数えあげた。

「文書偽造もやりましたし、麻薬の密売は現在もつづいて、大きな収入源となっている。贈賄もやったし、脱税はしょっちゅうだ。となると、困りましたな、まだ、しのこしている犯罪の種類となると……」

「選挙運動の買収も大がかりにやったし、外国人のスパイの手先にもなった。だが、まだやってない悪事があるような、気がしてならない。うんと非道徳的で、刺激的で、人間性を大きくはずれたようなやつだ。悪魔というものが存在し、それを教えてくれるなら、魂を売り渡していいような気持ちだ。考えてみてくれ」

「はあ……」

しかし、悪への才能も情熱もはるかに劣る子分たちに、そんなことの思いつけるわけがなかった。ボスひとり、腕を組んで考えつづけることになる。

しかし、やがてボスは、うれしさにみちた声で叫んだ。

「あった。やっと思いついたぞ」

「本当ですか。それはよかったですね。われわれはボスのためなら、いかなることでも命をかけて働きます。みなが今日あるのは、ボスのおかげなのですから。命令して下さい。どんな仕事なのですか」

身を乗り出す子分たちを制し、ボスは言った。目には狂的な光がこもり、口もとには楽しげな笑いがただよっている。

「まあ、そうあわてるな。これまでにやったことのない、最初にして最高の悪だ。だから、慎重に計画の打ち合わせをやらなければならない」

「で、どうしましょう」

「あすの夕方、町はずれの、いつもの倉庫に集まってくれ。組織の者の全員を、呼び集めるのだ。情報のもれないよう、気をつけてやってくれ」

「はい。かり集めます。逃げ腰になるやつがいても、おどかしてでも連れてきます……」

翌日の夕方になった。子分たちは指示された場所に、ひそかに集まった。しかし、時刻がすぎても、ボスはなかなか姿を見せない。

「どうしたのだろう。だれかが密告し、ボスがつかまったのだろうか」

「われわれのなかに、そんなやつはいないさ。もうすぐ現れるだろう」

「しかし、こんどは、どんな悪事なのだろうか。きっと、われわれの予想もしたことのない大計画であることは、まちがいない」

緊張と期待にふるえながら、小声で話しあって待っていると、そとで声がした。

「警察の者だ。まわりは完全に包囲したぞ。みな、おとなしく出てくるのだ。抵抗してもむだだぞ」

のぞいてみると、警官がとりまいている。とても逃げられそうにない。また、たよりにするボスが、いないのだ。言う通りに、せざるをえない。みな逮捕されてしまった。

警察の留置場に押し込められていると、あとからボスもほうりこまれた。それを迎えて子分たちは口々に聞く。

「どうして、こんなことになったのでしょう。あの倉庫に集合したのを、ほかに、だれかが知っているはずはない。それに、まだなにもしていないのだから、逮捕される理由もないはずなのに」

ふしぎがる子分たちに、ボスは笑いながら言った。

「じつは、わたしが密告したのだ。わたしが警察へ自首し、子分たちの悪事のすべてを知っていて、証拠も持っている、証人にもなりますと言ったのだ」

「それで、われわれがつかまったというのですか。あんまりだ。ひどい……」

子分たちは泣き、うらみごとを言い、絶望的な声をあげた。ボスはにやにやしながら言う。

「わたしの思いついた、最大の悪というのは、なんだったと思う。これがそうだ。つまり、わたしを信頼しきっている連中を、なさけ容赦もなく裏切って見捨てるという行為だ。こんなに非人間的で、刺激的な悪はない……」

子分たちは、こみあげる怒りを押さえきれずに言った。

「こうなったら、腹の虫がおさまらない。ここで、みなであなたを、なぶり殺しにしてしまう。あとがどうなろうと知るものか。さあ、覚悟しなさい」

だが、ボスはさほどあわてずに答える。

「まあ、待て。いまのは冗談だ……」

「冗談にも、ほどがあります。これで、みんな刑務所に送られれば、それで終りじゃないですか」

「いやいや、最高の悪事というのは、それからはじまるのだ。まだやってない悪事に、集団脱獄の残っているのに気がついたのだ。それを、やろうというわけだ。しかも、どうせやるのだから、大きくやろう。刑務所に入っている悪人を、みんな逃がしてしまおうじゃないか。こんなすごい犯罪はないぞ。われわれなら、できるはずだ」

子分たちはため息をつきながら、敬服の目で言う。

「なるほど。さすがは、われわれのボスだ……」

ネチラタ事件

あすありと思う心のあだ桜、とか申しまして、世の中、つぎの日になにがどうなってしまうものやら、さっぱり見当がつかない。

このごろのように、科学が進んだり、すごい武器ができたりすると、なおさらのこと。朝になって目がさめてみると、夜のうちにミサイルが命中し、自分は死んでいた、なんて……。

ここにひとりの青年がいて、名は五太郎。頭はとくに悪くもよくもないという、普通の人間。ある研究所につとめている。ある朝、いささか寝坊をした。ねむそうに片目をあけ、時計を見ながら言う。

「やれやれ、つい、ねすごしてしまった。きょうは、遅刻になりそうだ。先生、怒るかもしれない……」

ねぼけ声で、テレビをつける。交通機関のストか、大事故のニュースでもやらないかな。遅刻の、いい口実になるのだが。上司の安藤博士は、口やかましい人なのだ。

コマーシャルの声が流れてきた。

〈やい、そのへんのおいぼれや、くたばりそこないの野郎ども。この薬を買いやがれ。この一粒をてめえの馬鹿みたいにあけた口にほうりこみゃ、からだんなかに、馬鹿力や、くそ力がわいてくるてえもんだ……〉

五太郎はきもをつぶし、目がいっぺんにさめた。そのさめた目で画面を見ると、総合ビタミン剤とかの薬のビンがうつっている。

なるほど、ついにこういう、ショッキングなコマーシャルも出現するようになったのか。競争が激しくなると、人目を引く奇想天外なのも出るわけだろう。

そう考えていると、つぎのコマーシャルになった。画面に百科辞典がうつり、女の声が言う。

〈うすのろのガキを持てあましている、そのへんのおっかあどもよ。こいつのひとそろいを、買ってみやがれってんだ。そうすりゃあ、手のつけようのないうすのろも、半馬鹿ぐらいにゃあ浮かびあがらあ……〉

五太郎はあまりのことに、しばらくぼんやりしていた。そのうちニュースとなり、アナウンサーがしゃべっている。外国の元首が来日した画面。

〈グラニア共和国の親玉が子分を引きつれ、飛行機で空港につきやがった。そして、そのいいぐさがいいや。こんないい国、見たことない、なんてぬかしやがって……〉

五太郎は、この異変についてのなにかの報道があるかと期待して見ていたが、なんにもなかった。つづいて天気予報となる。

〈……高気圧だなんて、なまいきな野郎が、はり出していやがる。みやがれ。温暖前線はこんなざまだ。ふん。だがな、こんな高級なことは、てめえらとんちきには、わかるめえ。早くいやあ、おてんとさまカッカだが、どうかすると雲がのさばりやがる。ところにより、にわか雨なんて、ぐにもつかねえものが降りやがるかもしんねえ。てめえら、ぼろ傘でも持って出たほうが、気がきいてるってことさ……〉

五太郎は、一日中でもふしぎがっていたかったが、つとめの身ともなると、そうもいかない。出勤することにした。そとへ出たとたん、となりの家の夫人と顔があう。五太郎は声をかけられる。

「よう、となりの、とうのたった、とんちき坊やのあんちゃん……」

五太郎、あたりを見まわすが、ほかにだれもいない。自分が呼ばれたらしい。

「はあ……」

「ねぼけづらで、きょろきょろなんて、見ちゃいられんよ。あほたれ。まあ、しっかりやんな……」

この奥様、いつもは上品すぎるぐらいの言葉づかいなのに、これはまた、なんという変わりようだ。男だかなんだかわからない口調だ。それでいて、かくもぞんざいな話しぶりなのに、身なりや動作はいつもと変わらず、表情はにこやか。五太郎、なにがなんだかわからず「はあ」と答えて、急ぎ足で立ち去る。

あの夫人、気でもちがったのではないかと、うすきみ悪い。それとも、テレビの影響たちどころにあらわれ、というのかもしれぬ。女とは、テレビにすぐ毒されるものなのだ。いずれにせよ、かかわりあいにならないほうが、利口というものだ。

駅前の交番では、品のいい老紳士が警官に道をたずねている。

「やい、そこのおまわり。区役所へ行く道を教えやがれ」

「いいか、この、くそったれ町人め。てめえの目がふし穴でなけりゃあ、あそこのうすぎたねえビルが見えるだろう。あれがそうだ。さあ、とっとと、うせやがれ……」

あの紳士も警官も、頭がおかしいのだろうか。しかし、こう圧倒的に変人の数が多くなると、とてもたちうちできない。

五太郎、びくびくしながら改札を通り、ホームへ出る。拡声機が告げている。

「電車は、てめえら、あくびひとつしないうちに、へえってくるぜ。ホームにうろついている、うぞうむぞうども。白線の内側に、さがっとれ。ぼやぼやしてぶっとばされたって、しらねえぞ。ドアが開いたら、乗り降りは、もたもたせずにやんな……」

身ぶるいするような気分で、五太郎はなんとか研究所につく。足はすくむ一方。この調子だと、先生にどんなにどやされるか、わからない。

虎の尾をふみつけるような心境で、上司の安藤敬三博士にあいさつする。

「先生、おはようございます。どうも、おそくなってしまいまして。まことに、わたくしのいたらぬところで。じつは……」

「まあ、そう恐縮するな。たまには人間、眠くて起きられないこともあるさ」

博士のおだやかな口調を耳にし、五太郎はほっとする。ほっとしたとたん、さっきから押さえていた疑問が、わきあがってくる。

「先生、どういうことなんでしょう。きょうになってみると、世の中が一変してしまいました。だれもかれも、口のききかたが……」

「そこだよ。その原因なんだが、じつはここにあるんだ」

「ここですって……」

「きみも知っての通り、わたしはここで、各種の細菌の研究をつづけている。そのうちの一種が、きのう、うっかりして外部に流れ出してしまったのだ。ネチラタ菌という。この菌は伝染性が強く、あっというまにひろがる」

「大変なことですね。それに感染すると、どうなるんです。死にますか」

「そんな危険なものなら、もっと厳重な取り扱いをしているよ。完全に人畜無害だ。どうということもない。ただ、症状として、言葉つきがぞんざいになるだけだ……」

「なるほど、そうでしたか。事情がのみこめてきました。しかし、先生とわたしだけが、なんともないというのは……」

「前から菌をいじっているので、免疫になっているのだろう」

「そうかもしれませんね。で、このありさま、どうなさるおつもりです。もとに戻らず、このままなんですか」

「いや、もとに戻す方法はある。これと逆の症状を示す、タラチネ菌というのをばらまけばいいのだ。言葉づかいが上品になり、すなわち以前の状態に戻るわけだ」

「では、さっそく、それを……」

「なにも急ぐことはない。それは、あしたになってからにしよう。きょうのところは、いい機会だ。ネチラタ症状の、データを集めておきたい。すまんが、街へ出て観察し、調べてきてくれ」

「はい……」

五太郎はまた街へ出た。こんどは事情がわかって、いくらか安心。お寺へ寄ると、お葬式をやっていた。モーニング姿の男が、涙にむせびながら弔辞をのべている。

「やつはいい野郎だったが、ふんづまりが悪化し、とうとう、くたばりやがった。ああ、なんてえこった。あばよ。迷わず成仏しやがれ……」

五太郎は「なるほど、こういうふうになるのか」と感心する。

デパートに入ってみる。エレベーターに乗ると、若く美しい案内嬢が言う。

「やあ、変わりばえもせず、きやがったな。動かすぜ。途中、何階でおりたいか、言ってみやがれ。三階にはガキどもの使う、ガラクタが並べてあらあ。ざまあみろ。四階はあんちゃんや、おっさんの……」

四階でおりると、そこは紳士用品の売場。女の店員がお客に言っている。

「とんまめ。そんなとこでうろうろせず、手にとって見な。さわったって、減るものじゃねえ。やい、なにを売ってやろうか」

と、頭をさげている。客の男も、ショーケースに歩み寄る。

「このおかちめんこが、このぼろ店のアマか。えい、このネクタイを買ってやる。さあ、ゼニを渡すから、手を出しな」

「ふん。ちょうどあらあ。いま、紙に包んでくれる。ここで待ってやがれ……」

すべてこの調子。五太郎はこれらを、いちいちメモにとって歩く。そのうち、腹がへってきた。レストランをみつけ、なかに入り、テーブルにつく。ウェイトレスがやってきて言う。

「よくも、きやがったな、このでくのぼう。おい、なにを食《く》らおうって気だ。欲しいものを、とっとと言いやがれ」

五太郎、ネチラタ症状による現象とはわかっていても、こう言われると、恐縮してしまう。

「はい。もし、お手数でなかったら、ライスカレーでも食べさせていただきたいと思います。なにとぞよろしく、恐惶謹言《きょうこうきんげん》。どうぞお手やわらかに」

「これはお客さま。こんなことを申しあげては、失礼のきわみでございましょうが、そのようなお口のききかたをあそばすとは……」

ウェイトレスの口調が変わったので、五太郎はほっとした。タラチネ菌が働きだしたのだろうか。安藤博士は、あしたにするとか言っていたが……。

なにげなく、ウェイトレスの顔をみる。すると、目をつりあげ、歯をむきだし、からだをふるわせ、ただごとでない表情をしている。ほかのテーブルの客も、五太郎に非難の視線を集中している。

五太郎、しばらく狐《きつね》につままれたような気分だったが、やがて気がつき、反省し、赤面する。

ネチラタ症状になっている人にむかって、ていねいな口をきくのは、このうえなく失礼な、ひどいことなのだ。すなわち、下品きわまる悪口雑言。そして、ネチラタ症状の人から、ていねいな口調で話しかけられるというのも、また……。

「あの星がどんな状態なのかを、調査しなければならない。われわれ人間が行っても、この地球上と同じように暮らせるかどうかを、知りたいのだ。しかし、探険隊を乗せた宇宙船を送るのは大変だ。作るのにも飛ばせるのにも、巨額な費用がかかる。なにか、いい方法はないものだろうか」

といった問題をめぐって、宇宙研究所の学者たちが相談していた。みな、困ったような顔をしていた。なかなか、名案が浮かばないのだ。その時、エフ博士がやってきて発言した。

「あります。こんなこともあろうかと、まえから、わたしが研究していました」

「いったいどんなことなのですか」

ほかの学者は身を乗り出した。エフ博士は、そう大きくはないが細長いロケットを手にして言った。

「あの星にむけて、これを送るのです。なかには頭をさきにして、ヘビが一匹はいっています。サルや犬とちがって、ヘビは細長いので便利です」

「ヘビとは変わった思いつきですが、まあいいでしょう。しかし、途中でのエサは、どうするのです」

「その必要は、ありません。大気圏を抜けて宇宙の空間に出ると、温度が下がり、ヘビは冬眠に入ります。だから、エサなしでも、生きたまま、むこうの星へ到着できるのです。また、冬眠中はあまり呼吸をしませんから、酸素を大量に積まなくてもすみます」

「そして、むこうへ着くと、しぜんに冬眠からさめるというわけですか。それから、どうなるのです」

「いま、お目にかけましょう」

　こう言いながら、エフ博士は持っていたロケットを床に置いた。先端の部分が開き、笛の音が響きはじめた。録音テープが、回りはじめたのだ。その音につれて、ヘビがなかからはい出してきた。エフ博士は、とくいげに説明した。

「インドのヘビ使いから思いつきました。笛の音を聞くと外へ出てくるように、ヘビを訓練したのです」

ヘビはあたりを動きまわっていた。だが、やがて笛の音がやむと、ロケットへ戻り、頭からもぐりはじめた。

「ヘビには、穴へ入りたがる習性があるのです。また、ロケットの奥にはエサもおいてあります。かくして、ヘビが戻ってエサを食べると、ふたたび先端の部分が閉じ、ロケットは飛び立ち、自動的に地球へと帰ってくるしかけになっているのです」

「なるほど。これで無事に戻ってくれば、ヘビが行っても大丈夫、すなわち、人間が行っても安心と、判断できるわけですね」

「そうです。わたしたち人間にかわって、ヘビが身をもって調べてきてくれるのです」

みなは、感心してうなずいた。しかし、ひとりが気になる点を質問した。

「こんなことはあまりないでしょうが、たまたま着陸した場所が噴火口のなかだったとか、ロケットから出たとたんに猛獣にふみつぶされたりした場合は、困りますね」

「もっともな心配です。しかし、その問題はロケットを一台だけでなく、何台か送れば解消すると思います。みながみな、そんな不運な事故にあうこともないでしょう。要するに、一匹でも帰ってきてくれれば、その星の安全性が確認できるのですから」

学者たちは、この案に賛成した。探険隊を送るより、はるかに安上がりだし、人間

が危険をおかさなくてもすむ。さっそく十台ばかり作られた。それぞれにヘビが入れられ、ロケットはめざす星に向けて、つぎつぎに発射された。

あとは、帰るのを待つばかり。だが、予定の日がすぎ、いくら待っても、一台も帰ってこなかった。

「どうもだめだったようだ。ロケットから出たとたん、ヘビたちは死んでしまったのだろう」

「気の毒な気もするが、結果は得られたのだ。人間が行っても、生存に適さない状態であることが、判明した。あの星への大がかりな探険計画は、当分のあいだ延期して、べつな星を目標とすべきだ」

地球上でこのような会話がかわされている時、ヘビたちはどれも、まだ死なずにいた。生存に適さないどころか、地球以上に、生きるのにつごうのいい星だったのだ。食物となるものは、いくらでもある。たとえばカエルにしても、地球のより肉づきがよく、味もいい。ヘビたちはロケットから出たとたん、それらを思う存分に食べはじめたのだ。

ロケットの奥にあるエサなど、どのヘビも見むきもしない。また、たとえそれを食べる気になったとしても、腹が大きくふくれていては、入口でつかえて、もぐり込みようがないのだった。

鬼

むかし、むかし、あるところに、鬼が住んでいた。

そもそも、鬼はいったい、どこに住んでいたのだろうか。雲にかすむ遠い山脈をいくつも越えた、名もしれぬ山のほらあなのなかで「どうして人間たちから仲間はずれにされるのだろう」と、冷たく降りそそぐ雨のしずくに、ぼんやりと目をむけて、孤独の自分を見つめつづけていたのだろうか。

だれだって物事をこんな風にロマンチックに考えたいが、本当のところ、鬼たちはもっと景気よく暮らしていた。鬼が存在するからには、その両親だってあるはずだし、兄弟などの家族もたぶんいる。そう、鬼たちも、大ぜいで社会を作って暮らしていた。

鬼の国は暖かい南の、まわりをまっ青な海にとりかこまれた島にあった。こんもりとした古い松の木は、海岸のがけの上から白い波がしらにむかって手をさしのべ、その影の下では大小の魚が、虹《にじ》のような海藻のあいだを群れていた。

島の中ほどの畠《はたけ》では豊作がつづき、幸いなことに、いろいろな鉱物もとれた。新鮮な空気と輝やかしい日光のため、服装の心配はなく、慈悲ぶかい王様のもと、鬼の国には平和な年月がつづいていた。

しかし、自然のめぐみと慈悲深い王だけで、平和な社会が保てるものではない。平和には、悪の抹殺が必要だった。鬼の社会にだって、社会があるからには秩序があり、秩序を乱す者は、制裁をうけなければならない。

そして、ちょっとだけ、その刑が重かった。窃盗、強盗、傷害、殺人などの反社会的な罪をおかした鬼は、大衆の要求で、王の手により首をはねられた。なかには、

「なにも、殺さなくても……」

と言う鬼もたまにはいたが、大部分は、

「税金の無駄さ。犯罪者を、われわれの税金で養えとでも言うのかい」

といった、しごく健全な意見だった。

いつでも、どの国でも、王様ぐらい一見おもしろそうで、その実こんなつまらない商売も少ないが、鬼の国でも同じといえた。

いかに国民のためとはいえ、処刑の役目を押しつけられては、たまったものではない。そこで、島に月のない夜が訪れると、王は処刑を待つ鬼たちの牢《ろう》に、静かに近よ

る。

「ああ、わたしの不徳のいたすところ、おまえたちに罪をおかさせてしまった。なんとか助けてやりたいとは思うが、ここは、大衆の意見の強い国だ。わたしにできることは、これぐらいしかない。もう二度と戻ってくるなよ」

と錠をあけ、岩かげにかくしておいた小舟に案内する。

「そんなことをしては、王様があとで……」

と言いかけるのにむかって、王はにっこり笑う。

「その心配はいらない。岬のさきにある墓地に、あとで、おまえたちの人数だけ棒を立てておくからね」

「なんという、ご仁慈」

「お礼の申しようも……」

小舟の上の犯罪者の鬼たちは、ひれ伏しながら涙を流し、星影だけの暗い海の上を、海流に乗って遠く流されていった。

「おおい、まじめになるんだよ」

王は磯の香のたちこめる岩の上に立ち、せのびをし、ひとりでいつまでも手を振っていた。ヒューマニズムに加え、センチメンタリズムとナルシシズムをかねそなえた

王は、

「これこそ、まさに王者の娯楽」

と、ぞくぞく身ぶるいしながら悦に入り、小舟のかくれ去った水平線にむかって、いつまでも手を振りつづけ、無上の快感を味わうのだった。

「なんという、ご仁慈」

小舟の上でも、鬼のひとりはまだ手を合わせていたが、ほかの鬼に背中をこづかれた。

「おい、もういいかげんで、やめたらどうだ。いつまで、そんなかっこうでいるつもりだ」

「ああ、もう王のお姿は見えないのか。助けていただいて、本当にありがたいことだな」

「なんだ、ありがたいだと。ちっとも、ありがたいことなんか、ありはしない。これからわれわれは、どうなると思う。見知らぬさびしい土地に流れついて、じわじわと野たれ死にするまで、なにをしたらいいのだ。半殺しとはこのことだ。死刑よりもっとひどい。あの王はわれわれが自殺できないことをちゃんと見抜いて、こんな目にあわせたにちがいない。あの、虫も殺さぬ笑い顔を見たか。あれこそ、サジストの人相だ。ばっさり死刑にするのでは物足りなくて、こんなことを思いついたにちがいない。時どき、野たれ死にするわれわれのことを想像しながら、のんびりと酒の味でも楽しもうというところだろう」

「なんという、ご非道」

「そうさ。しかえしをしてやりたいが、島に戻るわけにもいかない。こうなれば、王のもくろみに反して、したい放題のことをやって、うっぷんをはらすことにしようじゃないか」

「そうだ。どうせおいらは、きらわれ者だ」

「ほら、陸が見えた。元気を出せ、きっと酒も女もあるだろう」

島から流されてきた鬼たちは、いずれも陸にたどりつくまでに、このような決意をみごとにかため終り、あとは上陸して、それを実行にうつすだけとなる。

鬼たちは、まず馬を盗んだ。悪とスピードが結びつくと、いつの世でも、手のつけられない状態がもちあがる。

馬に乗った鬼たちは隊を組み、平野だろうが山だろうが、むやみに走りまわり、奇声をあげながら矢をうちまくる。

馬に荷車をひかせて、のんびりと交易の旅をしていた人びとは、まっさきにやられた。ひそかに山かげの道を通ろうとしても、先まわりをしていた鬼が、短刀をふりかざして、木や岩の上から飛びかかってくる。女たちはさらわれ、それどころか、時には村ごと、火をかけられて焼き払われた。

このように、したいことをしつづけた鬼たちも、心がまぎれるのは全速力で馬を走らせ、風が耳のわきをびゅんびゅん通りすぎているあいだだけで、あとは、酒を飲もうが女を抱こうが、歓楽のむなしさが身にしみるばかり。

そんな時には、きまって、王のにやにやした顔が目にうかぶ。このたまらない幻影を打ち払うには、夜が明けるのを待って、隊を組み、馬をとばし、奇声をあげながら矢をうちまくることを、くり返す以外にはないのだった。

かなわないのは村人たち、海流のかげんで、どこからともなく、つぎつぎと鬼が流れつく。不運といってあきらめるには、被害がひどすぎた。やつあたりしようにも、そんな対象はなく、あっちへ逃げ、こっちにかくれ、心の安まる時は一刻もないようになった。

なかには、ちょっと小才がきいて鬼の集まるところへ出かけ、

「鬼さん、仲間に入れて下さいませんか。一生懸命に働きますから、きっとお役に立

ちますよ。えへへ」

と、ねこなで声で、話しかけてみたやつもあった。だが、鬼たちは
「おまえらなんかに、われわれの心の苦しみが、わかるものか。なにが、えへへだ」

と、どなり、酒を飲み、女を抱きながら、歌のようなものを大声でわめいた。えへへと言った男は、たちまち笑いをやめて顔をひきつらせ、とんで帰った。

「なるほど、鬼がああいうものだとは知らなかった。酒を飲み、女を抱くという、楽しくてしようがないはずのことをやりながら、心が苦しいとは、なんのことだ。まったく、世の中でなにが恐ろしいといって、想像もつかない考え方というもの以上に、こわいものはない」

と、つぶやきながら考えをまとめ、もっともらしい顔つきで、村人たちの集まりにでかけて、呼びかけた。

「さあ、なんとか、みなで力をあわせ、鬼どもを追い払うための戦いをはじめよう」

だが、だれも相手にしてくれないばかりか、反対にどやされた。

「おい、いまごろ、なにをいうんだ。鬼はウサギとはちがうぞ。少しばかり頭がいい人間と思っていたのに、どうしたのだ。正気なのだったら、まともな案をしゃべってくれ。こういう重大な時に、くだらないことを言って人をまどわすと、ただではおか

ないぜ」

　あわれな村人たちは、あわれな知恵をしぼり、あわれな案を立ててやってみた。いわく、おそなえもの。いわく、人身ごくう。いわく、まじない。だが、そんなことで、鬼たちの心がやわらぐものではなかった。

「なんだ、こんな物。ああ、だれもおれたちの心をわかってくれない。ちくしょう、王め、島の善良でご立派なやつらめ」

　と、ますます酒を飲み、馬のスピードをあげ、矢を乱射し、あばれ狂った。

　悲惨をきわめた村人たちは、何人かが集まると、

「おれの方が不幸だ」

　と、不幸の度合いをくらべあい、一人の時は
「なんという絶望の時代に、生まれあわせたものだろう」

　と深刻な顔で、天を仰いでなげくばかり。食料も乏しくなり、食べ物といったら鬼が見むきもしないキビぐらいしかなく、それだって食うや食わず、どんな年寄りだって、生きるためにはなにか働かなければならなかった。

　もはや、合理主義ではまにあわない。村人たちは天を仰いでいるうちに、平和な時代には忘れはてていた神のことを思い出し、だれもが心の底から神に祈り、救い主を

求めた。

祈らない者にとっては無縁の神も、こう大ぜいに祈られると、だまっていられなくなるのか、ついに奇跡はもたらされた。

ひとり息子を鬼に殺され、柴刈《しばか》りをしながら、ほそぼそと暮らしていたさびしい老夫婦。そこを経由してもたらされたこの出来事については、いまさら、あらためて述べるまでもない。

成長したこの若者は、あたりから鬼を追い払った。さんざんな目にあっていた村人たちが、いざ勢いをもりかえしてみると、復讐《ふくしゅう》をしたくなったのも無理のない心境だった。

つかまえた鬼に本拠の島を白状させて、攻撃こそ最良の防御なり、といった理屈をつけ、その若者をおだてたり、泣きついたりして説きふせ、とうとううまく送り出した。

この世紀の遠征は、みごとに成功をおさめ、宝を山とつんだ車が村にもどった。

「ほら、あの金ぴかの品物」

「あれはサンゴかな」

「ねえ、あの錦《にしき》の美しいこと」

「ばんざい」

よろこびの声はあたりにどよめき、なにもかも解決、めでたし、めでたし。

「復讐はいけない」

と言っていたひねくれ者も、これを眺めては、

「ねえ、みんなが被害者なのだから、公平に分けることにしようよ」

と、しぜんに顔がほころびた。

一方、これにひきかえ、鬼たちの島の不運は、いいようがなかった。青空、白い雲、潮風を受けて、犯罪はふえず、平和と繁栄に酔っていた上に、とつぜん襲いかかった無情な嵐。その嵐は、帆をかけ海流にさからって進む一そうの舟となって、近づいてきたというわけだった。

「あの舟はなんだろう」

「漂流しているにちがいない」

「いや、この島と仲よくつき合おうとして、やってきたのだ」

「いずれにしろ、あたたかく迎える用意をしよう」

しかし、その好意が裏切られるまではすぐだった。

舟からとび出した、えたいの知れぬ若造の指揮のもとに、暴れまわる畜生たち。えさに釣られて仕込まれてでもいるのだろうか、うなり声とともに、おそろしい歯をむき出して足にかみつき、きたならしい爪で顔をひっかく。なかでもとくに残酷だったのは、鋭い口ばしで目玉をつっつき出す鳥だった。

驚きながらも、なにか話しかけようとした王の首を刀ではねた若造は、命ごいする鬼たちにむかって、

「改心しろ」

と、ふんぞり返り、宝物のありったけを強奪した。

「なにを改心しろというのだろう。われわれが盗んできたとでも、考えているのだろうか。あの品物は、この島でなければ作れないものだぐらい、見ただけでもわかるはずだ」

小声でつぶやく者はあっても、血に狂った若造に、面とむかって言える鬼はなかった。

引きあげていった若造たちのあと、いつもと変わらぬ南の明るい太陽が、惨殺されたたくさんの死体を照らしていた。

あまりの変わりように、生き残った鬼たちはすべて気抜けし、悲しみにひたること

もできなかった。

「どういうことだろう」

「とても信じられない」

と相手かまわず話しかけ、事態をなんとか理解しようとするのが、せいいっぱい。だが、日がたつにつれ、少しずつ考えをとりもどした。

「あまりにも長く平穏になれすぎ、世の中には大きな悪のあることを忘れていた。これはそれに対する、いましめなのだ」

と反省したり、

「早く再建し、もう二度とこんな目に会わないように、心がけよう」

と、しごくまともなことを、まじめな顔で言いあった。

さらに時がたつにつれ、この悲惨な事件の思い出は、いくらか薄れていった。しかし、決して忘れられず、かえって、ますます思い出されるのは、持ち去られた宝のことだった。

「死んだ連中はもう成仏したころだが、宝物をとられっぱなしという話はない」

「そうだ。われわれや死んだ連中は、あきらめればすむが、これから育ってくる子供たちが、かわいそうだ」

「悪をのさばらしておくのも、悪だ」

意見は一致しているのだから、ここでも理屈は、どうにでもついた。

「まあ、早まるな。相手は手ごわい。へたに乗り込むと、かえり討ちにされる。まず、ようすをさぐってからだ」

選び出された機敏な鬼の若者は、舟をあやつって海にのり出した。

「しっかりたのむよ」

みなの期待をうけた若者は、陸にたどりつき、かたきのすみかを探って、くわしい報告を島にもたらした。

「やっと見つけましたが、いやもう、大変なやつです。持ち帰った宝は、ほとんど自分がひとりじめにし、大きな邸《やしき》のなかで美女をはべらし、朝から晩まで酒びたりの勝手きまま。育ててくれた老夫婦が生きているうちは、まだしもひかえ目だったらしいが、いまでは、だれも手がつけられない。でっぷりふとって赤ら顔。いやらしい目つきで、なにもかも言語道断です。あんなやつを生かしておいては、天が許しません。早くやっつけましょう」

鬼の若者は、正義感に身をふるわせて憤慨した。それを聞いて、老人の鬼が意見をのべた。

「ふとったとは好都合だ。島から持ち去ったカクレミノも、もう着られまい。むかしほど強くはなさそうだが、充分に準備をして行くのだぞ」

作戦が立てられて、島の洞穴のなかで秘薬が作られた。この作り方は、むかしから口伝されていたので、あのいまわしい強奪の時にも気づかれないで、難をまぬがれていた。

「まず、宝物をかえせと交渉して、応じない時に、その薬を使え。にくむべきはあの男ひとり、宝物さえかえれば、それでいい。ほかの村人たちには、手を出すなよ」

「わかりました」

鬼の一隊は、薬をたずさえて島を出た。

「やい、宝物をかえせ」

美女のひざでうたた寝をしているところを、たたきおこす。

「なんだと」

と、うす目を開けるのにむかって、

「おとなしく宝物をかえせば、許してやる」

と言い渡した。

「やあ、なんだ鬼か。みつぎものでも持ってきたのかと思ったら、なにを言う。すると、前に改心すると言ったのは、でたらめだったのか。まったく、図々《ずうずう》しいやつらだ。盗人《ぬすっと》たけだけしいとは、このことだな」

酒でいくらかぼんやりした頭でも、鬼を見ると、青年時代を思い出し、元気が戻った。これを聞いた鬼たちは、驚いた。

「その言葉を、こいつから聞こうとは。宝をひとりじめにして、酒と女か。泥棒め」

「やい、おれがなにを盗んだ。この宝は、お礼に村人たちからもらったものだ。あれだけ働いたのだから、一生遊んで暮らせるだけのものをもらっても、文句はあるまい。酒の好きなのは体質で、金があるから、たくさん飲めるまでだ。女もみな、むこうから寄ってきた。これも体質だから、仕方がない。もっとも、なかには金めあてのもいるだろうがね。あはは。まあきみたち、そうすごまずにおとなしくしていれば、なにかめぐんでやらないこともない。どうだ、すわって一杯飲まんか」

酒くさい息を吐く。鬼たちは、かっとなる。

「これは驚いた。反省の色が、少しもない」

「もう、これ以上がまんはできぬ」

鬼のふりかざした壺《つぼ》から白い液が、さっととび散り、ふとったからだでは、身をかわすひまもなかった。

「反省とは、なんのことだ」

と身を起こしかけた時は、もう手おくれ。秘薬のききめで、からだが少しずつちぢみはじめていた。鬼たちは、あわてふためく美女たちをなだめた。

「さわがなくてもいい。宝物さえかえしてもらえば、乱暴はしない」

鬼たちは、とりかえした宝のなかから代金を払って車を買い、それに宝物をつんだ。

「そろそろ、ひきあげるか」

「正義の勝利は、気持がいいものだ」

「そうそう、やつはどうなった」

「みろ、こんなに豆粒のように縮んだぞ。どうしてくれよう」

「川へでも投げ込め」

鬼のひとりは、そばに生えていた桃の木から、実をひとつもいだ。

「このなかに押し込んで流すか」

「それもいいだろう」

桃の実に木の枝で小さな穴をあけ、そのなかに詰めこんだ。

「おととい来い」

桃の実は二、三べん浮き沈みして、川をゆらゆら流れはじめたが、鬼たちはそんなものには目もくれず、島の歓呼と、これからふたたび築かれる平和と繁栄を思い浮かべながら、うきうきと車をひきはじめた。

すべては灰色の時間の霧のかなたに薄れ去った、むかしの話。だが、冬の夜に語り伝えられるうちに、いまではずいぶん変わってきている。

それでも、時たま子供たちは、この物語りの真相を知ろうとして、鬼ごっこという遊びを試みる。するときまって、

「逃げる方が鬼なの、追っかける方が鬼なの」

と、だれかが言い出し、そこでみな、ちょっととまどうのだ。

取立て

エヌ氏は、金融業者から金を借りていた。そして、返済の期日となった。当然のことながら、金融業者がやってきて言う。中年の男だ。

「ひとつ、お約束どおり、お貸ししてあるお金を、かえしていただきましょう」

エヌ氏は答えた。

「もちろん、おかえしいたします。しかし、元金だけですよ」

「利息のほうは、どうなのです。ははあ、しばらく待ってほしいと、おっしゃるわけですね」

「しばらくどころか、永久に払わないつもりです。払うべきでないと思うからです。覚悟して下さい」

これには、相手も驚いた。

「ご冗談は困ります。わたしはあなたを信用して、お金をお貸しした。払っていただかなければ、困りますよ。これがわたしの商売なんですから。世の中のきまりです」

エヌ氏は反論した。

「いったい、お金を借りたら、なぜ、利息というものを、払わなければならないのです。その説明をして下さい」

「ふざけるのは、いいかげんになさって下さい。こっちは、いそがしいんです」

「ふざけてはいません。まじめです」

とエヌ氏が言うと、金融業者は顔をしかめた。

「変なことに、なってきたな。利息をまけてくれと泣きついてくる人には、会ったことがある。払えない勝手にしろと、いなおる人も、たまにはある。しかし、こんなふうに質問されたのは、はじめてだ。頭がおかしいのじゃないのかな、……なぜっておっしゃるが、金を借りたら利息を払うものと、きまっているじゃありませんか」

「だれが、どういう理由できめたのです。それを教えて下さい。さあ……」

「弱ったな。そこまでは知りません、しかし、あなたも利息を払うことを承知し、この通り約束なさったじゃありませんか」

金融業者は、カバンから証書を出した。手渡すと破かれるかもしれないと警戒し、少しはなれたところで、ひらひらさせた。しかし、エヌ氏はそれを眺めながら言った。

「その時は、わたしが無知だったからです。だが、いまは事情がちがいます。わたしは、めざめた。利息の不当なことを、さとったのです。だから、絶対に払いません」

「むちゃな。理屈もなにも、ないじゃありませんか。利息を取るのは、法律もみとめているんですよ」

「そもそも、そんな法律がいけないのです。金が人間を支配するなど、許しがたいことだ。そちらが法律に訴えるのなら、こちらもあくまで争う。最高裁判所まで、がんばる。そこでも負けたら、一大国民運動をおこし、法律を変えさせる。海外にも呼びかけ、全人類の良識に救いを求める。世界をゆりうごかし、新しい世紀への大行進を展開する。これこそ、いまやわたしの信念であり、信仰でもあります」

「やれやれ、とんでもないやつに、金を貸してしまったものだ。お話にならない。まあ、また日をあらためて、まいります。頭をひやしておいて下さい……」

　金融業者はあきれ顔で帰っていった。

　しばらくすると、ひとりの青年が、エヌ氏を訪れてきた。

「うわさによると、あなたは利息は不当だとの新説を、おたてになったそうで……」

「もう評判になりましたか。そうなんですよ。よく来てくれました、お話ししましょう。そもそも……」

エヌ氏はとくいになり、また、怪しげな説をふりまわした。しかし、青年は目を輝やかせながら熱心に耳を傾け、うなずきをくりかえした。

「ああ、なんとみごとな、お説でしょう。すばらしい。利息というものをはじめて発明した人も偉大だが、そのご、長いあいだ世の中を支配したその常識をくつがえしたあなたは、もっと偉大です。天才と言うべきか、革命者と言うべきか、新しい教祖と言うべきか、ほめる言葉に迷ってしまいます。必ず歴史に残るでしょう」

エヌ氏は喜んだ。

「賛成していただけて、うれしい」

「ぼくに、ぜひお手伝いをさせて下さい。あなたのお説を、さらに完全なものにして、相手をやっつけてあげます。ぼくにやらせて下さい。その金融業者の野郎を、あしたでも呼んでおいて下さい」

その作戦どおり、つぎの日、金融業者がやってきた。エヌ氏は一室に案内し、あとは青年にまかせて相手をさせた。

室内では議論が展開されている。青年の大きな声が、エヌ氏の耳にも聞こえてくる。

「こんな簡単なことが、わからないのか」とか「哲学的神学的に分析すれば」とか「この、もうろくやろう」とか「時間と物質との関連を、四次元的に図解すれば」とか叫んでいる。

エヌ氏は、感心した。最近の若者のなかにも、優秀なやつがいる。まるで、一心太助とアインシュタインを、足して二で割ったようではないか。

数時間ほどの激論のあと、金融業者はすごすごと帰っていった。青年はエヌ氏に報告する。

「この通りです。元金だけで承知させました」

そして、証書を見せる。エヌ氏の借用証に、まちがいない。

「本当に承知したのか」

「ええ、そうですよ。反論の余地を与えず、言い負かしました。相手のくやしそうな顔といったら……」

「そうだろう、そうだろう」

エヌ氏もまた、うれしそうだった。だが、青年は、証書を受け取ろうと、手を出したエヌ氏に言った。

「しかし、ぼくへのお礼を払っていただかないと、この証書はお渡しできません。きょうの議論にそなえて、昨夜は眠らずに勉強しました。また、きょうの応対だって、緊張のしつづけで、頭も使いました。これは、正当な働きでしょう。報酬が必要です」

「それはそうだ。払うとも。こういうことに対しては、払わなくてはいかん。わたしも、いい気分だ。気前よく、払わせてもらうよ」

エヌ氏はかなりの札束を出し、青年に渡した。

青年は家に帰って父親に言う。

「おとうさん、うまくいきましたよ。この通りです。入金して下さい」

父親である金融業者は、目を細めて言う。

「おまえの才能には、舌を巻いたよ。わしのあととりとして、立派なものだ。もうろくよばわりされた時など、金のためにはこんな作戦をも思いつくおまえに、心から敬服した。おまえの代になったら、この店は何十倍にも発展することだろう」

救世主

ケンタウルスが、長いあいだ地上を荒らしまわっていた。これほど強力で恐怖にみちた相手はなく、人びとは一撃で倒され、対抗しようにも、手のつけようがなかった。ケンタウルスというと、星座の名前としか思っていない、かたよった頭の持ち主もあるが、この場合、星座の名ではなかった。ギリシア神話の動物である。下半身が馬、上半身が人間に似ていた。

そんな伝説上の動物が、とつぜん出現してくるはずがないではないか。恐竜とちがって、化石も残っていない。とぼしい科学知識をふりまわし、口をとがらせて、こんな文句を言いかける人があるかもしれない。また、さては人馬の混血だな、男と牝馬のあいだだろうか、女と牡馬だろうかと、好色的な興味で、にやりとしかける人があるかもしれない。だが、事実、出現したのだし、混血の産物でもなかった。彼らは、ケンタウルスから来襲したのである。

ケンタウルスというと、ギリシア神話の動物としか思っていない、かたよった頭の持ち主もあるが、この場合、伝説上の動物の名ではなく、星座の名である。すなわち、ケンタウルスの方角からやって来た動物が、ケンタウルスと呼ぶべき形をしていたのであった。

人間は自分も動物のくせに、動物という言葉を見ると、一段劣った動物のことと考えるが、それは人間以上の動物が、ほかになかったからである。たしかに、彼らの来襲までは、地球では地球人が地球最高の動物であるというのが、地球人の常識であった。しかし、いまや、ケンタウルスからケンタウルスが乗り込んで来た。こうなると、地球人は地球人の称号を返上し、地球上の一動物の地位に後退すべきであろうか。それとも、ケンタウルスからケンタウルスがやってきた瞬間において、地球はケンタウルスの一地方に転落したと考えて、地球人と称しつづけてもかまわないものであろうか。ただし、この場合は、地球人という語を、ケンタウルスの二流動物の意味に扱わなければならない。

さて、地球人たちは、このような状態におちいり、だれもかれも「畜生」と叫んだ。畜生とは、正確には四つ足をさす呼び名である。二本足の動物を畜生と呼んでこそ蔑《べっ》称《しょう》となるのだが、四つ足を畜生と呼んでも、蔑称にはならなかった。論理的に言えば、相手を相手より一段劣った動物、つまり「人間」とでも呼べば蔑称になるのだろうか、どうもそうはできなかった。人間は論理の動物ではなく、やはり感情の動物だからである。

ケンタウルスからのケンタウルスには、四つ足のほか、手まであった。数を合計すれば六本。正確、かつ論理的、感情的な蔑称は「虫ケラ」とすべきであった。だが、どうもそうはできなかった。相手は強大であり、そのような印象があてはまらないためである。さらに正確にいえば、人間のほうこそ虫ケラであった。人間対虫ケラの状態が、ケンタウルスからのケンタウルス対人間の状態に等しかったのである。

すべての点で、歯が立たなかった。もっとも、これは単なる形容であり、その頃の人間たちに、歯はなかった。人間の進化という現象が、人間の歯の退化という現象を、もたらしていた。歯ぎしりしてくやしがることも、できなかったのだ。数十世紀にわたるソフトで、清潔で、怠惰な生活は、人間の心身をすべての点で、ソフトで、清潔で、怠惰なものに変えてしまっていたのである。

たとえば、地球人は、どこへ行くにも乗り物を使わなければならないが、彼らはどこへでも行ける。公共的な交通機関と、個人用の乗り物の、燃料貯蔵庫を押さえられてしまい、どうにも動きがとれなくなった。反抗しようとすれば、足でけられ、一撃で倒される。まったく、お手あげとなった。もっとも、これは単なる形容ではなく、そのころの人間たちの手はまだ退化していず、その手を絶望的に上にあげたのである。人間どうし、おたがいの連絡はとれず、じわじわ迫る滅亡を待つばかり。

しかし、その時。ひとりの救世主が現れた。正確には真の救世主でなく、結果において救世主的な行動になっただけのことだが、いまは簡単に、救世主と呼んでおく。いや、問題はそこではない。簡単に救世主が出現するという現象があまりに安易である、などと安易な文句をすぐに持ち出したがる、かたよった頭の持ち主があるかもしれない。だが、事実を記述する際に、ためらいは許されないのだ。まだなにか文句を言いたい人は、国乱れて忠臣あらわる、という古代からの歴史の原則に対し、実証的な反論を用意して出直すべきではなかろうか。そのあいだに物語りのほうは、自動的に佳境に進んでしまっている。

ところで、その救世主は男であり、学者であった。専門は古代からの歴史の研究。もっとも、大学者というほどのものではなく、また、地球の危機を見かねて、決然と立ったのでもなかった。この点は一般の物語りの定石に反しているが、事実を記述する際に、ためらいは許されない。第一、ソフトで、清潔で、闘争力まで失ってしまった怠惰な人類の一員に、立つことなどができるわけがなかった。くどいようだが、結果として救世主的なことになっただけなのである。しかし、成算が全然なかったのでもなかった。

彼はかつて発掘した、小型のタイムカプセルを所蔵していた。大むかしの地球、未開野蛮なる時代の人の手で埋められたものに、ちがいなかった。しかし、彼はまだ、その内容を知らなかった。あけて見なかったのだ。べつに、ふしぎではない。タイムカプセルの外側に文字が書かれてあり、彼にそれが読めたからである。大意はこうであった。

「宇宙から攻撃を受け、いよいよ最後という時にあけること。それまでは決してあけるな」

彼はそれに従ったまで。未開野蛮なる時代においては、あけるなと指示されると、すぐにあけたらしいが、この時代では、あけるなと指示されると、あけなかっただけのことなのだ。べつに、ふしぎではない。

彼は、いよいよ最後というべき時であろうか、まだ最後ではないのであろうかと、あれこれ考えたあげく、最後に、いよいよ最後と判断し、それをあけた。

なかには一枚の紙片が入っていた。「これを読め」とうながしている。一種の呪文《じゅもん》のように思われた。彼はその簡単な文句を、くりかえし口にした。

「なむあみだぶつ、なむあみだぶつ……」

即座には、効能はあらわれなかった。呪文というものは、何回ぐらいくりかえせばいいのだろうか。彼はそれを知らなかったし、紙片にも、その指示はしるされていなかった。ばかばかしい気がしないでもなかったが、彼はつづけた。なぜなら、ほかに、どんな方法があるというのだ。彼は、呪文をとなえつづけた。未開野蛮なる時代においては、効果がないとすぐに中止してしまっただろうが、この時代では、そうでなかった。

そして、やがて、効能があらわれてきた。ケンタウルスからのケンタウルスたちが、あれほど猛威をふるっていたにもかかわらず、どことなく浮足だってきたのである。彼はそれに勢いを得て、となえつづけ、ついに、ケンタウルスからのケンタウルスたちは、ケンタウルスへと撤退していった。

すべては、ケンタウルスからのケンタウルスの占領以前の状態に戻った。地球人は自分たち地球人を、だれはばかることなく地球人と呼べるようになった。畜生を畜生と呼べ、虫ケラを虫ケラと呼べるようになり、言語の混乱は消滅した。すべてとはいっても、完全にすべてではなかった。昔にくらべ、新しいことばがひとつ加わっていた。いまや、地球人の合言葉となった「なむあみだぶつ」のことである。

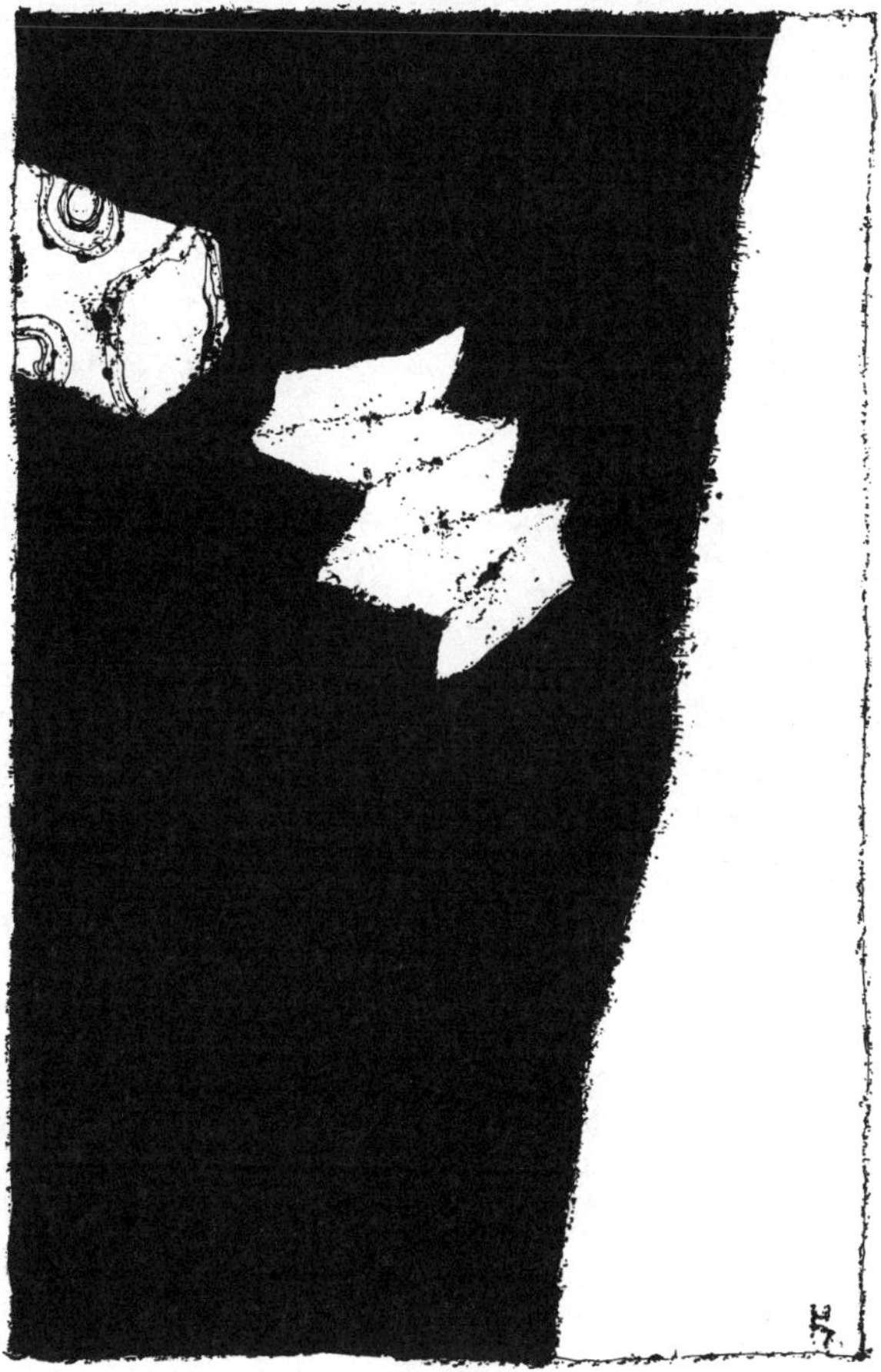

人と顔をあわせると「なむあみだぶつ」と、声をかけあう。子どもが生まれた時をはじめ、おめでたい時には「なむあみだぶつ」と、うれしそうに言う。もちろん、葬式のような不吉な場合には、使われなかった。

とくにケンタウルスからのケンタウルスの撃退記念日には、あらゆる人が、あらゆる場所で声をあわせ「なむあみだぶつ」と叫ぶ。大むかしにおいて、すでにこのことあるを予想し、このようなタイムカプセルを埋めておいてくれた人物、真の救世主、真の予言者への感謝をあらわすためである。

あのタイムカプセルを所蔵していた歴史学者が真の救世主ではなく、救世主的なものにすぎないと念をおしておいたのは、このためである。人びとは歴史学者に質問し、その真の救世主の名を知りたがった。学者はカプセルを調べて言った。

「まことに残念ですが、そのかたのお名前は、わかりません。謙虚なかたであったにちがいありません」

その真の救世主、あるいは物好きな人物と呼ぶべきであろうか、彼が天国でこれを知ったら、おそらく微笑したにちがいない。なぜなら、彼はカプセルのなかに、紙片とともに虫を封じこんだのであったからである。その思いつきのきっかけは、幼時にうけた虫封じの秘法からであった。だが、動機は、もっと深遠な慈悲の心からであった。彼は地球が清潔化の傾向をたどることを予想し、虫の絶滅するのをあわれみ、カプセルに入れたのである。人類絶滅のあとにおいて、ふたたび明るみに出られるようにと。さすが救世主となるだけのことはあって、心やさしい人物と言わねばならぬ。

ただ人類絶滅の時に開けるべしという指示が、指示どおりに行なわれたため、人類絶滅が人類絶滅でなくなり、人類絶滅を防ぐ結果になってしまったのは、唯一の誤算であった。しかし、救世主は神ではなく、あやまちをおかすこともある人間である。このことは、救世主の価値をそこなうものではない。

いっぽう、救世主の慈悲を理解せぬ虫たちは、カプセルの暗黒に閉じこめられ、うらみつらみを燃えたたせつづけていた。もし、ふたたび明るみに出ることがあれば、その時こそ、ただではすまさぬ。相手かまわず、ひとあばれしてくれよう。虫たちは数十世紀にわたり、おのれの能力を磨きつづけ、最高度に高めて、待ちかまえていた。

そして、その計画を実行したまでであった。もっとも、虫といっても、普通の虫ではなかった。虫から見て、虫ケラのごとき存在の虫であった。その名は水虫。水虫といっても、水に住む虫では……いや、こんなことは今さら説明の要もあるまい。また、人類は歯のみならず、足も退化し、この時代にはほとんど……いや、こんなことは今さら説明の要もあるまい。

出入りする客

その大杉という男は、四十歳ちょっとの年齢。彼は医師であり、医院を経営していた。それは商店街と住宅地との境のような場所にあり、いろいろな患者がやってきて、けっこう繁盛していた。

午前中は医院にやってくる患者を診察し、午後は往診に出かけ、夕方はまた医院で患者を相手にする。まあ、医師として普通の日常だった。往診の仕事のない日の午後は、二階の自分の部屋で書類の整理をしたり、医学雑誌を読んだりする。

その二階の部屋の窓からの眺めは、あまりいいとはいえなかった。商店街が見えればいちおうはなやかなのだが、そのひとつ裏通りとなると、なんの特徴もない。大杉は、そとの景色に関心を抱いたことがなかった。

しかし、その日、彼はぼんやりとそとを眺め、質屋の看板が出ている店のあることに気がついた。

「あんなところに、質屋があったんだな。いままで気にとめたこともなかったが、ずっと前からあったのだろうか……」

大杉の医院は経営順調で、金に困ったこともない。したがって、手軽な金融機関である質屋に、金を借りにゆく必要はなかった。また、質屋とはあまり目立たないように商売をするものだし、そう大きな店でもなかった。そんなわけで、いままで大杉は、見すごしていたのだろう。

なんとなく眺めていると、包みをかかえた三十歳ぐらいの男が歩いてきて、その質屋の前で足をとめた。そして、あたりを見まわし、すばやくなかへはいっていった。金に困っていることを他人に知られるのは、いやなものだ。その気持ちが、あんな動作をとらせるわけだろうな。また、質屋に出入りする人をじろじろ見つめるのも、失礼なことだ。

大杉は、自分も失礼な人間ということになるのだろうなと思いながらも、退屈なので、あれこれと想像をめぐらせた。いまの人、質草《しちぐさ》になにを持っていったのだろう。小型テレビだろうか、カメラだろうか。金を借りて、なんに使うのだろう。バーへの支払いか、旅行の費用かなにかかな。このごろは昔とちがって、生活費のやりくりのために借金する人は、少ないんじゃないかな……。

質屋にはいっていった男は、なかなか出てこなかった。ひとのことなどどうでもいいけど、金額で、もめているのかな、あそこの主人と、雑談でもはじめたのだろうか。そんなことまで想像しかけた時、やっと出てきた。さきほどの包みは、かかえていない。うまく金を借りたらしいな。

ひとごとながら大杉はほっとしたが、同時に彼は、ふと変な感じがした。なぜそんな感じがしたのか、最初は自分でもわからなかった。しかし、やがて気がつく。いま出てきた人が、さっきはいっていったのと別人ではないかと思えたのだ。服装は同じようだが、どこかちがう。歩き方がちがうようだ。

といっても、さっき、さほど注意していたわけではないので、断言はできなかった。いまさら確認のしようもない。また人間というものは、金を借りる前とあとでは、足どりもちがうだろう。大杉の頭には、もやもやしたものがひっかかり、気になる感じが残った。

そんなことは、すぐ忘れてしまうのが普通だが、またつぎの日に、同じ窓からそとを眺めると、しぜんと思い出してしまうというのも、普通よくあることだ。二階の室でひまになると、大杉の目は質屋へのお客をさがし求めてしまう。もちろん、電話があったり急患があったりすれば、本職第一で、質屋のことなどどうでもよくなる。だから、なかなか結論はでなかった。

しかし、何日かたつにつれ、店にはいっていったのとちがう人が出てくるようだとの印象は、ますます強くなっていった。女の客がはいって行くこともある。包みを持たずに出てくるのだが、服は同じようでも、髪の形があきらかにちがっていたこともあった。少しやせて出てくる場合もある。あの店は質屋であって、美容院やスタイル調整所ではない。別人が出てくるとしか、考えられないのだった。

疑問を持ちつづけるというのは、いい気分ではない。大杉は医院へくる患者に、雑談の途中でそれとなく聞いてみたりする。

「この近くの商店街の裏通りに、質屋さんがありますね……」

だが、手ごたえのある答えは、えられなかった。「そうでしたねえ」とか「質屋の世話にならなくても、なんとかやっています」とかいう答えが大部分で「借金するのは、体裁のいいものじゃありません。金に困ったら、知りあいに顔を見られないよう、もっとはなれた質屋に行きますよ」と言う人もあった。

そのうち「あの質屋へは、一回だけ行ったことがありますよ」と言った学生があった。

「どんなようすの店ですか」

大杉は身を乗り出して聞いた。しかし、学生の答えも、あまり役に立つものではなかった。

「郷里からの送金がおくれて、金に困った時です。しかし、あそこの主人、いやにぶあいそなやつでしてねえ、面白くないんで、そのまま帰ってきてしまいました。商売なら、もっとあいそよくすればいいのに。よその質屋は、もっとサービスがいい。あんなことで、やってけるんですかねえ」

結局、なんにもわからなかった。昔の思い出話としてならまだしも、いま質屋の常連であると、くわしく話す人はいないのだ。また問題の質屋の主人なるものも、あまり近所づきあいをしないらしく、顔を見た者はあっても、どんな性格で景気はどうかとなると、だれもよく知らなかった。

どうでもいいことじゃないか。大杉はいつも、そう自分に言いきかせるのだが、二階の窓のそばに立つと、つい眺めてしまう。眺めると、つい考えてしまう。

どう説明したら、いいのだろう。偶然の重なりなのだろうか。似た服装の先客があって、それが出てきたということかもしれない。それとも、あの家の家族が出てきたのを、お客の帰りとかんちがいしているのだろうか。

もしかしたら、秘密のパーティーでも開かれているのかもしれない。非合法の賭《か》けかなにかが、おこなわれているのだろうか。しかし、出入りする人たちに、そんな感じはまったくなかった。

あの店には裏口がべつにあるのだろうか。大杉は外出の時、それとなく調べてみたが、裏口など、ないようだった。となると、地下道があるのだろうか。だが、その仮定は、あまりに飛躍しすぎている。なぜ質屋に、地下道が必要なのだ。彼はにが笑いした。

大杉は窓のそばに、双眼鏡をおいた。もっとよく観察しようという気に、なったのだ。双眼鏡でのぞくと、質屋へ出入りする人の顔が、大杉のすぐそばに引き寄せられた。その日、彼はそれに熱中し、よそからの電話を居留守をつかってことわった。

たしかに別人が出てくる。別人でなかったら、顔やからだつきを整形して出てくることになるが、そんなことはありえない。あきらかに別人だ。

それを確認したとはいうものの、どうしたものかとなると、大杉にはなんの案も思いうかばなかった。警察にとどけても、しようがないだろう。なんの事件もおこっていず、なんの被害者も出ていないのだ。警察としても、本気で話を聞いてはくれないだろうし、そんなことのために人員をさいて、張り込ませたりはしないだろう。よけいなことをしたら、営業妨害になりかねない。

だが、大杉としては、その先にある事情を知りたかった。手のつけようがないため、その思いはいっそうつのる。

そのチャンスは、意外に早くおとずれた。もはや習慣のようになってしまっており、いつものように大杉が双眼鏡で眺めていると、質屋からひとりの男が出てきた。そして、あたりを、きょろきょろ見まわしている。

その時、走ってきたオートバイが、そいつに接触した。きょろきょろ見まわしていながら、よけそこなうなんて、ちょっとどうかしている。そいつは、ぎこちなく倒れた。

オートバイの人はあわてて停車し、助けおこした。それに対し、たいしたことはないと答えているような身ぶりだった。オートバイは、あやまりながら走り去った。

いいチャンスだ、と大杉は思った。こんな機会をのがしたら、あとで後悔するぞ。

彼は医院を出て、そこへ急いだ。そいつはまだそこに立っていて、足をさすっている。いくらか痛いのだろう。四十歳ぐらいの男だった。大杉は話しかける。

「あなたはいま、オートバイにぶつかりましたね。わたしは、むこうで見ていました。けがをなさったでしょう」

「いや、たいしたことは、ないようです」

相手は、なまりのある話し方で言い、ほっといてほしいような表情だった。

「手当てをなさっておいたほうが、いいですよ。うんだりするといけませんから、せめて傷の消毒ぐらいは、すべきです。わたしは、すぐそばで医院をやっている者です。料金のことは、ご心配なく。医者として、このまま見すごすことができない気分なのです。さあ、手をお貸ししましょう」

大杉は早口でしゃべり、相手にいやと言わせるひまを与えず、医院へと連れこんだ。足の傷はたいしたこともなく、骨折もなかった。大杉は薬をぬったあとで言った。

「念のためです。注射をしておきましょう」

そして、すばやく注射をうった。だが、それはサルファ剤や抗生物質ではなく、自白剤だった。スパイ小説や映画などに出てくる、心のなかのことをしゃべってしまう薬品。といって、そのための薬品が、この医院に用意されていたわけではない。手術の時に使う麻酔薬の一種なのだが、自白剤と同じような作用をも持っていることを、大杉は知識で知っていたのだ。

こんなことをして、あとで問題になるかなと、彼は考えた。しかし、けがをした患者がいて、痛みがある、それに麻酔薬を使ったからといって、大問題にはならないだろう。いちおう、そんな理屈をつけてみた。

そのうち、薬は作用をあらわし、男は眠いみたいだと言った。大杉はあいている病室に案内し、ベッドに横たえた。それから、ためしに質問してみる。

「あなたは、どこへ行くつもりだったのですか」

「町を見物に……」

変な返答だった。質屋へ行く人は、金を必要とする急用があるはずだ。町の見物だなんて、のんきすぎる。大杉はさらに聞く。

「こんな町、どこが面白いんです。見物することもないでしょう」

「面白さには理屈もなにもない。この見物、前から楽しみにしていたんです。みやげ物も買いたいし……」

「そういうものかねえ」

「交通にはくれぐれも気をつけろと、ずいぶん注意されてはいたんですが、つい興奮して、オートバイにぶつかり……」

「いったい、あなたの家は、どこなんです。どこから来たんですか」

「どこって……」

それまでは質問に答えていたのに、ベッドに横たわっている男は、そこで口ごもった。それにしても、おかしなことばかり言うやつだな、と大杉は思い、さらに追加して注射をした。こんなあいまいな答えでは、満足できない。はっきりした事情を、知りたいのだ。

薬がさらにきくのを待ち、また質問する。こいつが正気なのかどうか、まず簡単なことから聞くことにした。

「さて、きょうは何年の何月何日でしょう」

「二三八一年、六月九日……」

「なんですって。はっきり答えてください」

「二三八一年……」

同じ答えが、くりかえされた。ふざけているのだろうかと、大杉は思った。しかし、その可能性はないようだった。普通の状態とちがい、あれだけの注射をうったのだから、うそのつけるはずがない。となると、こいつは未来の人間なんだろうか。半信半疑で大杉は質問した。

「すると、あなたは、過去へやってきたということになりますね」

「そうです……」

ベッドの男は、薬の作用により表情を変えることなく、単調な声で答えた。

「ありうることなのかなあ。で、この過去の世界から未来へと戻るのには、どうすることになっているのです」

「通行人に気づかれないよう、あの質屋のなかにはいり、わたしの番号、六三二を告げればいい。すると、タイムトンネルによって、帰りつけるのです」

話の内容は、とてつもないものだった。しかし、うそをついているような感じもなかった。大杉は質問を、さらに進めてみた。

「未来における、いや、あなたの時代において、あなたはどんな生活をしているのですか。世の中のようすは……」

「それは……」

またも口ごもった声になる。

「あなたの住んでいる家は、どんなですか」

「それは……」

質問の形を変え、いろいろくりかえして聞いても、なんの答えもでてこなかった。

大杉は考え、それについて、ひとつの仮定をたてた。どうやら、未来の生活に関したことは、しゃべれないようになっているらしい。この男の頭のなかに、なにか特殊な心理的なブレーキがほどこされていて、未来の話ができないようになっているようだ。

そういうものかもしれないなと、大杉はうなずく。未来の人間が過去へやってきて、未来のことをあれこれしゃべると、パラドックスが発生する。たとえば、未来の発明品を過去に持ちこんだら、その結果として、未来は変わらざるをえなくなる。アメリカ大陸ののった世界地図を、コロンブスの前の時代のヨーロッパに持ちこむようなものだ。

ベッドの男は薬のためぐったりとし、眠りはじめた。大杉は毛布をかけてやる。この男の言うこと、本当なのだろうか。それとも、頭がおかしいのだろうか。精神異常で〈おれは未来から来た人間だ〉との妄想を信じこんでいれば、自白剤でも、そのようにしゃべることになる。どっちなのかの判定は、すぐには下せなかった。

「さて……」

と大杉はつぶやいた。真実なのか狂気なのかの判定は、つけようと思えば簡単だ。自分で行って、たしかめてみることだ。この男の話だと、あの質屋のなかに、未来からのタイムトンネルの出入口があるという。未来は、どうなっているのだろう。のぞいてみたいものだな。その好奇心は、高まる一方だった。

大杉はベッドの上の男に目をやる。いまがチャンスなのだ。年齢もからだつきも、おれとそうちがわないではないか。大杉はそいつの服をぬがせにかかる。いうまでもなく、自分がそれを着るためだ。

大杉は質屋の入口をはいった。はいる前にあたりを用心ぶかく見まわしている自分に気づき、彼はにが笑いをした。こんなところで知人に話しかけられたら、金を借りるにしろ、未来をのぞくにしろ、やはり困ってしまうだろう。

手で押すと、ドアは音もなく軽く開いた。なかは事務所風になっていた。普通の質屋もこんなふうなのかどうか、大杉は知らなかった。骨董品《こっとうひん》のようなもの、カメラのたぐい、そんなのが一隅の棚に並んでいた。以前にだれかが言っていたように、ぶあいそな感じの男が、大きなテーブルのむこうの椅子《いす》にかけ、退屈そうにしていた。

大杉はそいつに言ってみた。

「六三二だ」

「禁制品は、持っていないだろうな」

とそいつが言った。いったい、なにが禁制品なのか、見当もつかなかった。骨董品や、なにかを撮影したカメラなどがいけないのだろうか。棚に並んでいるのは、その没収品なのかもしれない。しかし、いずれにせよ、大杉はなにも持っていなかった。

「ごらんのとおりだ。なにもないよ」

「みやげ物なしとは、あんたも珍しい人だね。手間がかからなくて、おれにとっては大助かりだ。みんなそうしてくれると、おれは楽なんだがね。しかし、どいつもこいつも、みやげ物をむやみと買いたがる。さあ、むこうのドアへ……」

そいつはあごでドアを示した。大杉は内心でうなずいた。ここへやってくるやつの包みのなかみは、質草なんかでなく、未来へ持ち帰るみやげ物だったのか。

教えられたドアは、別室へのものらしかった。大杉はそこへはいる。窓のない殺風景な室だった。なかにはいると、ドアが自動的にうしろでしまった。どうなるのかとの不安を感じる。

あたりが暗くなり、暗くなるにつれ、大杉は無重力になる気分を味わった。降下するエレベーターのなかにいるようだ。足で床に立っているという感じが、しないのだ。しかし、そのくせ、落下している気分でもなかった。

といって、静止している感じでもない。どこかへ移動していることはたしかだった。どこへむかってだろう。つまり、これが未来へむかって動いているということなのだろう。

暗いなかで、大杉の不安はつづいた。しかし、やがてそれも終った。重力感が戻り、まわりが明るくなる。さっきの殺風景な室かと思ったら、そうではなかった。

見まわすと、まっ白な円形のホール。直径は三十メートルぐらい。彼はその中央にいた。かなり広い感じだった。見あげると天井があり、やわらかな光を放っていた。

どうやって、こんなところに移されたのだろう。時間を通り抜けてということなんだろうな。で、ここが未来というわけか……。

壁の一部が四角く開いた。そこから男が出てくる。からだにぴったりした、銀色の服を着ている。近づいてきて、大杉に言った。

「ご旅行は、いかがでしたか。お楽しみになれましたでしょうか」

「ああ……」

と大杉は、あたりさわりのない答えをした。

「どうかなさいましたか。ご気分が悪いようですな」

と聞かれる。なんと答えればいいのだ。大杉はひたいに手を当て、なんとかいいわけをでっちあげた。

「じつは、過去の世界へ行って、オートバイにぶつかった。そのショックのせいか、医者に注射をされたせいか、頭がぼんやりしている。記憶が薄れたような……」

「さようでございますか。時間旅行の帰途にそのような気分になられるかたは、時たまございます。少しお休みになれば、もとのようにお元気になれるでしょう。どうぞ、こちらへ……」

一室に案内された。ホールの壁の別な一部がさっと開き、そのなかの部屋だ。大杉はそこでひとりになる。スマートな曲線の椅子があった。だが、椅子にすわるのより、未来をのぞくほうが先決だ。窓らしきものがあったが、カーテンがかかっている。それを引いてそとをのぞこうとしたが、どういうわけかカーテンは動かなかった。

とつぜん、うしろで声がした。

「あたしが、おせわいたしますわ」

魅力的な女の声。大杉がふりむくと、その声で想像した以上に魅力的な、若い女性がそこにいた。スタイルがよく、肉感的。セミヌード姿で、ブーツをはいていた。大杉は医者であり、普通の人よりはるかに女の裸を見なれているが、その彼でさえ、われを忘れるような美人だった。見ているだけで、ぞくぞくしてくる。

思わずふらふらと近より、手をにぎろうとする。そのとたん、彼は投げとばされてしまった。どういうことなのかわからないが、床で身をおこしながら、大杉はてれくさそうにつぶやく。

「強いんだなあ……」

「当り前でございますわ。あたくし、ロボットですもの。しっかりなさってください。もう過去の世界から、お戻りになったのですよ」

「ふうん、なるほど……」

大杉はため息をついて、あらためて見なおした。さすがは未来だ。このようなすごい女ロボットがいるとは。彼は言う。

「記憶を、とり戻さなければならないのだ。街はどんなだったかな。景色を眺めれば思い出せるんじゃないだろうか」

「そうですわね」

女ロボットは手に持っていた万年筆状のものを窓にむけ、そのボタンを押した。すると、カーテンがさっと開いた。大杉は息をのんで見つめる。

整然たるビルが並んでいる。にぶい銀色で、上品さがある。清潔感がみちている。ビルのあいだをベルト状の道路が動き、その上に人びとが乗っていた。空は美しくすんでいる。その空の遠くで、円盤状の宇宙船が速力をあげようとしていた。

「あそこが宇宙空港だったな。空港はどんなところだったろう。もう少しで、思い出せそうな気分なんだが」

「では、テレビでごらんください」

ロボットの女は、壁に描かれている地図の一点にむけ、また万年筆状のもののボタンを押した。すると、そこに映像があらわれた。

空港のホールの光景らしかった。銀色の服の男だの、黄色いマントの女だの、大ぜいの人でにぎわっている。だが、ところどころに、じつに奇妙な人物もいる。みどり色の大柄のやつとか、白クマのような顔の、ずんぐりしたやつなどだ。目立って異様なのにもかかわらず、だれも平然として気にもとめない。大杉は女ロボットに聞く。

「あの、みどり色のやつは、なんだっけ」

「あら、ベガ星人じゃありませんか」

「そうだ、そうだったな……」

大杉は口をあわせた。思い出しかけてきたふりをする。いつ、ごまかしがばれ、もとへ追いかえされるかしれない。早いところ、できるだけたくさん見ておこう。大杉は万年筆状のものを借り、地図のべつな地点にむけてボタンを押した。こんどは、すさまじい廃虚がうつった。

「なんだ、こりゃあ」

「第三次大戦の記念廃虚、この大戦のあと、はじめて永遠の平和への基礎が、きずかれたのですわ」

「うん。そうだったな。なんだか、のどがかわいてきた。飲み物をくれ」

女ロボットは部屋を出ていった。それを待つ時間も惜しく、大杉は壁にむけてボタンを押しつづけた。なにかの建物がうつり、こんな声が出てきた。

「冥王星《めいおうせい》の冷凍睡眠センターを、ご利用ください。当社がいっさいを、お世話いたします……」

またべつな画面には、七色の奇妙な草花がうつった。

「宇宙植物園へ、どうぞ。カペラ星系から、新しい花が到着いたしました。音に反応し、そちらをむく。向日性でなく、向音性というべきもので……」

その説明を聞いていると、女ロボットがグラスを持って戻ってきた。うす青い液体がはいっている。大杉がそれを受け取ろうとした時、とつぜん、ビーと激しい音がひびいた。声が流れてくる。

「警報。事故発生、注意してください。過去からの侵入者あり。過去より一人まぎれこんだもよう。一刻も早く、発見せよ……」

大杉はびくりとした。自分のことだ。医院にねかせておいた男が、麻酔からさめ、質屋に戻って事情を話したのだろう。その報告が、ここになされたにちがいない。

彼は部屋からかけ出そうとした。しかし、そんなふうに逃げようとしないほうが、よかったのかもしれない。それに気づいたのか、そばの女ロボットがすぐ行動に移った。大杉をとっつかまえたのだ。ロボットだけあって、力が強い。いかにもがいても、もはや逃げられそうにない。

大杉は、抵抗をあきらめた。しかし、どうされるのだろう。それを考え、彼は身ぶるいした。未来から過去へ行く旅行者たちは、過去へ知識を運ばないよう、みな心理的な処理がほどこされている。それと同じようなふうにされるのだろうか。いま見聞したことが、帰ってから口外できないように……。

いや、そうはできないのではなかろうか。彼は疑問をいだく。そのような心理的な防止処理をほどこして過去へ送りかえすこと自体もまた、やはり、未来の知識の産物を過去に持ち出すことになる。コンタクトレンズをはめた者を、中世に送りかえすようなもの。なにかのきっかけで、周囲の者に発覚しないとも限らない。

そう考え、彼はまたふるえた。めんどくさいから消してしまえ、ということになるのかもしれない。その恐怖を追い払い、なんとか安心感をえようと、大杉は理屈を考え出した。殺されかけたら、こう主張してみよう。

おれをここで殺すと、それも未来が過去の現象に干渉することになるはずだ。おれは医者だ。おれが仕事をつづけることで、死なないですむ患者があり、その連中の子孫だってこの時代にいるはずだ。ここでおれが殺されれば、そいつも消えることになるぞ。パラドックスが発生する。未来人が過去にやってきて死ぬのなら、影響はさほど残らないだろうが、未来人が過去の者を殺すと、手のつけようがないことになるはずだ。

いったい、どうされるのだろう。あつかいようが、ないのじゃないかな。しかし、彼のそんな疑問におかまいなく、女ロボットは大杉をホールの中央に連れてきた。あたりが暗くなり、重力のなくなる感じがし、移行する気分……。

大杉がわれにかえると、もとの質屋の奥の一室だった。ドアをそとからあけた主人が、のぞきこんで言う。

「困りますね、あなた。いい迷惑ですよ。ひとの服をはいで着て、他人になりすますなんて、犯罪ですよ。さあ、よこしなさい」

大杉は服をはぎとられ、そとへ追い出されてしまった。あたりを見まわしたが、さいわいだれもいなかった。日も暮れていた。下着姿で質屋から出てくるところを他人に見られたら、一生はずかしがらなくてはならない。

彼は自分の医院までかけ戻った。自分の服を着て、病室をのぞく。ベッドに横たわっていた男はいなくなっていた。

それから数日、大杉はだれかれかまわず、この体験談をしたくてたまらなかった。しかし、なんとかがまんした。なぜって、こんな話を他人にしたら、どうなる。あの医者、頭がおかしくなったんじゃないか。そう思われるに、きまっている。ほかの商売ならまだしも、医者にとっては致命的なうわさで、患者はばったりとこなくなるだろう。だまったままでいなければならないようだ。この未来旅行についての話は。

　しかし、話したくてたまらない。証拠だって、ないわけではない。あの万年筆状の器具、それが下着のなかに残っていたのだ。これだ。これが現在の品でないとはっきりすれば、この体験を信じてくれる人だってあるだろう。

　彼はそれを持ち、エレクトロニクスにくわしい友人を訪れた。

「これを調べてもらいたいんだ。すごい品なんだ。見るとびっくりするぜ」

「いやに、もったいをつけるな。どこで手に入れたんだね」

「それはあとで話すよ。まあ、調べてみてくれ」

　友人はそれを受け取り、いじりまわした。

「どうやら、なんということもなさそうだぜ。ありふれたプラスチックだ」

「そうかな。では、なかを調べてくれ。こわしてもいいから」

　なかがあけられたが、からっぽだった。なんのしかけもない。友人はかつがれたのかと腹を立て、大杉はあやまり、そそくさと引きあげた。

　ひとりになると、疑問がわきあがってくる。どういうことなのだ。未来を過去に持ち込むのは厳禁のはずなのだが、あの万年筆状のものは持ち帰れた。しかし、なかはからっぽで、新物質の品でもない。おれの体験は夢だったのか。どういうことなのだろう。

未来旅行は事実だったはずだ。おれは時間を移動し、たしかに見てきた。整然たる町、ロケット空港、みどり色の宇宙人。それに、力の強い美人ロボット……。

あれはたしかに未来だ。大杉は心のなかで断言する。しかし、それにもかかわらず、なにかひっかかるものもあるのだ。なにか、もうひとつ欠けている。不満みたいな気分が残るのだ。それに、パラドックスの問題も、説明がつかないまま……。

二三八一年のタイムトンネル関係者たちが話しあっている。

「めったに起こりえないはずの事故だったが、過去からの人間がまぎれこむという事態が発生してしまったな。あの時代にも、油断のならないやつがいた。これからは自白剤への警戒を、過去への時間旅行者に、注意しなければならない。この一件では、ひや汗をかいたな」

「だが、あの安全装置の部屋を作っておいたおかげで、事件が大きくならずにすんで助かった。少しでもようすのおかしい人物は、いちおう、あの部屋にとおす。そこで時間をかけて、くわしく点検する」

「あの部屋で休ませず、直接にこの時代をのぞかれたら、えらいことだ。パラドックスで、手がつけられなくなる。帰って見聞を話されても困る。心理防止をほどこすこともできぬ。殺すこともできぬ。しかし、あの部屋に入られただけなら、心配ない。本当は、タイムトンネルの過去の出入口で厳重な検査をするのが理想なんだが、大げさなその装置は、あの時代の人の目をひくおそれがあるし」

「まったく、あの部屋はよくできている。過去のあの時代のSFのすべてをつなぎあわせ、それにもとづいて立体映画をとり、窓のそとに映写しておく。壁にうつるのもそうだ。過去のあの時代の連中が夢にも考えなかったことで、その後に実現したたぐいのものは、いっさい画面にあらわれない。つまり、過去を変えるおそれのあるこの時代の情報は、なにひとつ持ち帰ることができないというわけだからな」

「あいつ、きっといまごろは、ふしぎがっているぜ。未来というのは、SFの未来小説そのままだったと。想像もしなかった光景の世界じゃなかったとな。息のとまるような驚異をさほど感じなかったと、ふしぎがっているだろうな」

　大杉はしばらく、ぼんやりした日をすごした。女性ロボット、みどり色の宇宙人、ロケット空港。たしかにおれは見たし、さわりもした。しかし、どうも他人に話す気になれないのだ。話したりすれば「なんだ、SFに出てくるようなことばかりじゃないか」と笑われるにきまっている。SFにも書かれていない話をしたいのだが、そんな点は、まったく思い出せないのだ。ふしぎなくらい……。

彼は、だれにも話さなかった。しかし、二階の窓のそばに立つと、目はどうしても質屋のほうにいってしまう。このところ、質屋から出てくる人はなかった。包みをかかえてはいって行く人ばかり。だれかが気がつけば、変に思うかもしれない。しかし、気がつく人はいないし、いたとしても、そう大さわぎはしないのだ。

そして、しばらくすると、質屋は廃業となった。どこへ越していったのか、だれも知らない。そのあとは改築され、喫茶店となった。大杉はそこへ行ってみたが、なんの変わった点もない。ただの普通の喫茶店だった。彼は思う。ここにあった、あのタイムトンネルの出入口、どこかべつな場所に移されたのだろうなと。ほかの場所のどこかで、目立たないような形で、いまでも未来からの旅行者がやってきて、みやげ物をかかえて帰り……。

災　害

ケイ氏はこれといった特徴のない人間だった。まだ独身であり、普通の会社につとめ、普通の地位にあった。働きぶりも普通であり、むりに特徴をあげるとすれば、それは平凡という点であろう。特に高級でもない普通のアパートに住み、帰宅してからの時間は、テレビを眺めるか、週刊誌を読むぐらいのことで費やすのが日課だった。

その日も、ケイ氏は週刊誌を手にしていた。彼はそれを読み終り、軽く投げ捨てながらつぶやいた。

「なんということもない記事ばかりだ。まったく、退屈な毎日だな。金でもあれば、少しは面白い気分も味わえるのだろうが」

その時、ケイ氏は声を聞いた。

「なにをぶつぶつ言ってるのよ」

若い女の声だった。ケイ氏は首をかしげた。

「おかしいな。テレビは消してあるはずだが」

たしかめるまでもなく、テレビのスイッチは入っていない。しかし、またも声がした。

「こっちよ」

きんきんする、いらだっているような声だった。ケイ氏は部屋のなかを見まわし、その声の出どころをつきとめた。

いま投げ捨てた週刊誌のページのあいだから、女がはい出してきたのだ。いうまでもなく、小さな女だ。身長は、十センチちょっとぐらい。彼女はしばらく、妙な作業をつづけていた。ページのあいだから、つぎつぎに紙幣を引っぱり出し、それを重ねてつみあげたのだ。

紙幣のほうは、本物の大きさ。だから、その札束の上に彼女が腰かけた姿は、ちょうど椅子にすわっているようだった。

「これは、なんということだ」

とケイ氏は言った。こんな思いがけない場面で、的確な質問を順序よく発せられるものではない。彼女は足をぶらぶらさせながら、答えてくれた。

「なんでもいいじゃないの。退屈とお金が問題なのでしょ。それを解決してあげるわよ」

「しかし……」

どう言っていいかわからず、ケイ氏は身をかがめてよく眺めた。からだの小さい点を除けば、一般の女性と、あまり変わりはない。ちょっとした美人であり、頭の回転も悪くなさそうな顔つきだった。だが、どことなく落ち着きがなく、軽薄そうで、好感は持てそうになかった。ケイ氏が答えをしぶっていると、女はじれたように言った。

「さあ、どうなさるの。気が進まないのなら、あたしは、べつなところへ行くわよ」

「断わるつもりは、ないよ」

目の前につみあげられてある、札束の魅力は大きかった。それに、好奇心だって湧きあがってくる。女はうなずき、笑い顔を浮かべた。そして、笑い顔のまま叫び声をあげた。

「助けて。だれか来て。ああ、殺されるわ……」

こんな小さなからだから、よくもこう高く大きな声が出るものだと、ふしぎなほどだった。頭の内部を、引っかきまわされるようだった。ケイ氏は耳を押さえ、目を閉じた。

しかし、ふたたび目をあけた時には、女の姿はなく、札束だけが残っていた。

「まるで、わけがわからない。なにがおこったというのだろう」

ケイ氏は呆然《ぼうぜん》としたままだった。しかし、いつまでも、呆然としつづけるわけにもいかなかった。やがて、ドアのそとに人声がし、ノックの音もした。あけると、いろいろな人が入ってきて、口々に聞いた。アパートの住人もあり、管理人もあり、見知らぬ人もあった。

「なにがあったのです」

と聞かれ、ケイ氏はしどろもどろで答えた。

「いえ、べつに……」

「そうですか。おや、大金があるではありませんか。あなたのですか」

「ちがいますよ」

人びとは、かわるがわる同じ質問をくりかえし、ケイ氏は頭をかかえながら答えた。

「なにがあったのです」

「お話しできないような事件ですよ」

「そうでしょうね。あ、その大金はあなたのですか」

「ええ、わたしがもらったのです」

ケイ氏は混乱していたので、答えも一定していなかった。正反対であっても、彼にとっては、どちらも真実だったのだ。

　しかし、そんなことが、人びとに通じるわけがなかった。なかにまざっていた見知らぬ人は、警察関係者だったらしく、他の人を押しかえし、腰をすえて質問にとりかかった。

「さあ、ありのままに話して下さい」

「ありのままといっても……」

「大ぜいの人が、女の悲鳴を聞いていますよ」

　ケイ氏は、なっとくできる説明をしようと努力した。寝ぼけた、夢、人びとの錯覚。しかし、相手は、もちろん満足しない。

「その大金はどうなのですか」

　夢から札束が出現するわけがない。ついにケイ氏は、小さな女の話を持ち出した。しかし、相手はメモをとろうともせず、顔をしかめて言った。

「手間をとらせないでくれ。死体はどこだ。窓のそとに共犯者が待っていて、運んでいったのだろう」

「冗談じゃありませんよ……」

「まあいい。しかし、当分は、容疑者であることを忘れないように」

と、相手は念を押した。被害者が明瞭《めいりょう》になれば、殺人事件ということになる。そして、警戒をゆるめない表情のまま、いちおう帰っていった。

しかし、ケイ氏は、ほっとすることができなかった。かわって新聞社の人、週刊誌から派遣された者、テレビ局の関係者までが、入れかわり立ちかわり、押し寄せてきたのだ。同じような質問が、砂嵐のようにくりかえされた。

答えないでいると「それは、答えたくないと解釈していいのでしょうね」とやられる。無理に答えると、すぐその矛盾を突いてくる。聞くほうは冷静でも、答えるケイ氏は混乱状態だった。マイクロフォンが突きつけられ、フラッシュが光り、ビデオ撮影用のライトが強く輝やき、電話のベルが鳴り、質問は依然としてくりかえされる。彼はなんと応対したのか、自分でもわからなくなっていた。

連中が引きあげていったのは、ケイ氏が疲れはて、目をあけていられなくなったからだった。最後の力でドアに鍵《かぎ》をかけ、あとは倒れるように眠った。

しばらく眠って目がさめると、耳もとで声がした。

「どう、相当なものでしょう」

あの小さな女だった。いらいらさせる声で、ささやいている。ケイ氏は疲れた口調で聞いた。

「どこへ行っていたのだ」

「電灯の傘の上から、見物していたわ」

「とんでもないやつだ。他人の不幸を、面白がって見物しているなどとは」

「べつに面白くもないわ。あきるほど見あきた眺めですもの」

「なぜ、わたしをこんな事件に巻きこんだ」

「あなたが承知したことだし、これが、あたしの仕事ですもの」

「いったい、おまえはなんなのだ」

ケイ氏はやっと核心の質問にたどりつき、女はあっさりと答えた。

「週刊誌の妖精《ようせい》とでも、マスコミの悪魔とでもいった存在なのでしょうね」

「そんなものの、あるわけがない。なにかの幻覚にきまっている」

「一種の幻覚なのでしょうね。だけど、あなたにとっては、幻覚ではないわ」

「それなら、だれの幻覚だ」

「週刊誌など、マスコミで生活している人たちのよ。彼らは、なにか事件がおこってほしいと、念じつづけているわ。その祈りだか、執念だか、潜在意識だかが、なんらかの作用で凝結し、あたしができてしまったわけよ。どうしようもないわ」

「わかったような、わからないような気分だ。しかし、あの札束は、どうなのだ。どこから持ってきた」

札束は、まだ床の上に残っていた。入ってきた連中もおたがいに目を離さなかったので、どさくさにまぎれて持ち去る者はいなかったらしい。

「マスコミ関係は、銀行とはちがうわ。わけもわからず、どこかへ消えてしまう金がいくらかあっても、だれも、そうさわぎたてたりしないものよ。そんなお金を、集めたわけね」

「おまえは、いつもそんなことをやっているのか」

「まあ、そうね。でも、いつもじゃないわ。しばらく大ニュースがない日がつづくと、なにかやらざるをえなくなるの。公金横領だの、狂言強盗だのを作りあげたこともあったわ。あなただって、みな週刊誌で読んでいるはずよ。でも、いつも同じ手法を使うわけにもいかないでしょ。だから、こんどは新しい演出よ」

「やれやれ、ひどいやつに、見こまれたものだ。その金を持って、帰ってくれ」

「だめよ。あたしの用がすむまではね……」

その週刊誌の妖精だかマスコミの悪魔だかは、テレビセットのなかに消えた。ケイ氏はまだ、夢のような気がしてならなかった。だが、いやおうなしに信ぜざるをえなかった。

つぎの日からケイ氏は、平凡な自由をまったく失ってしまった。電波に乗り、活字になり、写真となり、崩れたダムの水や逃げた鳥の群のように、収拾のつかない形だった。キャッチフレーズには、不自由しない。

なぞの殺人か。悲鳴と札束。消えた被害者。共犯者はいずこへ。そのほか、さまざまな刺激的な文句が使われ、識者の意見もにぎやかだった。絶好の話題であり、楽しい読物でもあった。といっても、ケイ氏ひとりを除いてのことだが。

数日は、それがつづいた。ちょっと下火になると「あの金はあたしのよ」と主張する女性があらわれ、手記を発表したりした。もっとも、すぐに虚構と判明したが、話題は話題であり、発表と虚構の判明とで、二回にわたって大きく扱われた。

「むちゃくちゃだ。あれも、おまえのしわざだろう」

ケイ氏は、またも紙クズ籠《かご》から出てきた妖精に言った。

「ご想像にまかせるわ」

「いいかげんにしてくれ」

「そうはいかないわ。みんな、これで楽しんでいるじゃないの。それに奉仕するのが、あたしの崇高な義務よ」

とても離れてくれそうになかった。ケイ氏は、身のおきどころがなかった。外出す

れば、顔をみつめられ、もちろん会社には行けない。といって、家に閉じこもってい
れば、電話が鳴り、来客が押し寄せ、静かにしておいてくれない。いっそのこと、警察に留置されたほうがいいとも思う。しかし、自首しようにも、死体もなければ共犯者もいないのだ。

どこかで静かにすごしたいと思い、旅行案内所に出かけて、相談してみた。だが、それはまた、話題を派生する。逃亡の準備か、となるのだった。睡眠薬を買おうとして、薬局に寄る。すると、あとをつけてきた報道関係者らしい男が、よけいなことを言うしかけだ。

「自殺なさるのでしたら、その前にわたしにだけ、真相を教えて下さい。どんなお礼でも、さしあげますよ」

マスコミの悪魔にとりつかれている限り、自由の許されるはずがない。

ケイ氏はやっと決心した。なまじっかなことでは、だめだろう。そして、神経科の医者を訪れたのだ。ほかに、方法は考えつかなかったのだ。それもまた話題となった。仮病か、良心の呵責《かしゃく》か、と。しかし、ケイ氏は意志をまげなかった。最後の、たのみのつなではないか。彼は医者にむかって、めんめんと事情を訴えた。

医者は、いささか持てあました。妄想の診断をくだすのは簡単だが、札束の説明は、

どうしようもない。それに、へたに診断を発表すると、自分までさわぎに巻きこまれてしまう。病気と診断すると、報道関係者がやってきて、その根拠をしつこく聞くだろう。健全と判定して帰し、その帰途に自殺でもされたらことだ。

医者は困ったあげく、ケイ氏を精密検査し、ちょっとした内臓疾患をみつけだし、その専門の病院に送りこんでしまった。ケイ氏にとっても、それでべつに不満はなかった。一応の安静は、得られたのだから。

妖精はそばにつきっきりだったが、べつに看病してくれるわけでもない。そして、だれかが来ると姿を消し、帰るとまたあらわれる。

ケイ氏は、どうにでもなれと覚悟をきめた。当分は、ここにいることにしよう。費用には、あの金を使えばいい。出所不明とはいうものの、被害者が申し出てくるわけがない。自分の室内にあった金を、自分で使うのに遠慮はいらない。

そのうち、妖精は彼に告げた。

「あたし、もうお別れするわよ」

「そんなこと言わずに、もっといてもいいんだよ」

「あたしをあまのじゃくとでも思って、作戦を立てたようね。だけど、そうじゃないのよ。ひとつの場所にとどまっていては、マスコミの悪魔として、役目が果たせないじゃないの」

「勝手にしろ。こっちの方針を貫くまでさ」

妖精は、枕もとの花ビンのなかへ消えた。その言葉どおり、二度と戻ってきそうになかった。しかし、ケイ氏は入院生活をつづけた。退院したところで、ろくなことはないにきまっている。

何ヵ月かして、ケイ氏は退院した。もっといたかったのだが、例の金もつきてしまったのだ。

そして、いや、それだけのことだった。ケイ氏にとって変わったことといえば、住居とつとめ先だけ。すべては、普通に戻ってしまった。

人びとの頭には、なにひとつ残っていない。ごく時たま、電車のなかなどで、どこかで見たような顔だといった視線を受けるが、それ以上になることはない。

つとめ先でも同様。ある日、同僚と酒を飲み、酔った勢いで「おれは、ニュースでさわがれたことがある」と口走ったことがあった。だが「いいかげんなことを言うな」とたしなめられて、終りだった。人びとの話題は、現在発売中の週刊誌をにぎわしている、新しく、刺激的で、なぞめいたものでなくてはならないのだ。

壁の穴

その青年は、ゆっくりと目をさました。目ざまし時計の響きによって起こされたのではないことに気づき、きょうは休日だったなと思う。ゆっくり眠っていていいのだが、それほどのねむけも、残っていない。といって、すぐ起きる気にもなれず、ぼんやりと天井に目をやった。

ごくありふれた、アパートの二階の一室。交通にはわりと便利な場所にあったが、そのかわり、近所の物音がうるさい。自動車の音や、窓の下を通る人びとの声が、雑然と聞こえてくる。きょうは休日のため、子供のかん高い声も多かった。遠くでは、音質の悪いスピーカーが音楽を鳴らしている。

この室内は、整理されてはいるものの、殺風景だった。この青年がまだ独身のせいだった。年齢は、三十に少し前。大きな会社につとめ、その点では現在から将来へかけての不安を、あまり感じない。しかし、地味で平凡な毎日でもあった。そのくせ、彼は内気な性格で、刺激を積極的に求めようとしなかった。

その日常は、三つに区分することができた。ひとつは、つとめ先にいる時間。それは、退屈と不満感にみちていた。実力を充分に出しきった時に感じる生きがいを、めったに持てないからだ。彼は他の者も同様なのだろうと、自分をなぐさめて時をすごす。

つぎに、この部屋に帰ってきてからの時間。近所のざわめきの音に、悩まされる時間だ。もっと静かな場所へ移ろうとも考えるが、そうすると、交通の便も悪くなる。それもいやだし、引越しの手間を思うと、うんざりする。

夜になってあたりが静まると、こんどは孤独を持てあます時間となる。もともと殺風景な室内が、さらに生気を失い、テレビにかじりついていても、それはたいしてまぎらせない。

この三つの時間は、どれも好ましいものでなく、いずれもがまんを必要とする。そのくりかえしが、彼の日常となっていた。

青年は、ぼんやりと天井を眺めていた。その時、どこかでなにかがキラリと光ったように感じた。不審に思って身を起こし、あたりを見まわすと、枕もとに一本のナイフがころがっていた。夢のなごりのように、ぽつんと置かれてあった。そこだけが、夢からさめていないようでもある。静かに光を受け、静かに光を反射していた。

手にとると、かすかな涼しさが皮膚に伝わった。青年は、首をかしげながら見つめた。ナイフと呼ぶべきだろうか。西洋の剣と呼ぶべきだろうか。名前をつけられるのを拒絶するかのように、そのどれともちがっていた。

どことなく、異様な感じを発散していた。それは、どこからきているのだろう。青年は注意ぶかく、目を注いだ。全長は、三十センチぐらい。その三分の一が握りで、こまかな彫刻がほどこされてあった。材質はよくわからないが、硬度の高い金属らしい。刃の両面は鏡のように光り、やわらかな布でプラチナをゆっくりみがきあげたように、なめらかな面だ。

青年が顔を近づけると、そこに自分の顔がうつった。しかし、少しゆがんだ顔だった。それは、ナイフの面がゆるい彎曲《わんきょく》から成っているためとわかった。すなわち、形の点からいえば、太い竹を割って作ったヘラのようだったのだ。もちろん受ける印象は、まったくちがっていたし、このナイフは先に至るほど細くなり、先端は鋭くとがっている。

どうしてこんなものが、と彼は考えた。自分のものではないし、第一、はじめて見る品だ。といって、他人のものとも断言できない。だれかからあずかった覚えもないし、まちがって持ってきた記憶もない。ポケットに入れるには長すぎ、無理に入れたとしても、とがった先端は服を破き、ことによったら、からだに傷をつけるだろう。眠っている間に、だれかが持ってきたのだろうか。そう想像すると、ちょっと恐怖を感じた。胸でもさされたら、永久に目がさめなかったかもしれない。しかし、たしかめてみると、ドアも窓も、内側からしまったままだった。まさしく、夢からこぼれ落ちたような出現だった。

なんに使う品だろうか。と青年はつぎに考えた。しいて呼べばペーパーナイフだが、それにしては、刃が鋭すぎる。武器にしては、持って歩くのに不適当なようだ。大工道具にしては、形が優美すぎる。また、くだものナイフかとも思ったが、それを必要とする、くだものの想像はつかなかった。だからといって、単なる装飾品のようでもない。なにか、実用性を秘めている感じだった。

とまどいを笑うように、ナイフはきらきらと光っていた。青年の手のふるえがナイフに伝わり、鋭い先端がゆれていた。なにか、突きさるのを欲っしてでもいるようだ。

隣室との壁に穴でもあけてみるかな、と青年は思った。となりには、夫婦と子供ひとりの家族が住んでいた。その男の子は活発で、青年は騒音の被害を時どき受ける。そのしかえしと思えば、小さな穴ぐらい、あけてもいいだろう。日曜はそろって外出するのが習慣だから、いまなら、気づかれることはあるまい。

しかし、こんなナイフで壁に穴があくかどうかはわからないし、あいたむこうが本棚の奥かもしれない。だが、ためしに壁をちょっと突っついてみるぐらいは、いいだろう。

青年はナイフを壁にむけ、そっと押した。ほとんど抵抗もなく、刃が半分ほど突きささった。壁がやわらかいためか、ナイフが鋭いためかは、手ごたえだけでは判断できなかった。しかし、予想もしなかったことだけは、たしかだった。

はっと思ったとたん、ナイフが動いた。握った手が無意識に動いたようでもあり、ナイフが自分の意志で動いたようでもあった。いずれにせよ、ナイフが動いたのだ。そして直径三十センチほどの穴があいた。刃の面についていた、彎曲のためのようだ。

同時に、くり抜かれた丸い盤が手前に倒れてきて、青年は左手で、あわてて受けとめた。この、あまりにも鋭い切れ味は、驚異だった。おろしたての安全カミソリの刃で紙を切った程度の感触で、壁に穴があいてしまったのだから。

驚きがおさまると、かわって当惑が湧いてきた。こんなに、大きな穴があいてしまうとは。自分だけでは、修理できそうにない。管理人に言って、修理してもらわなければならないだろう。その時は、どう言いわけをしたものだろうか。青年は左手の丸い盤と、右手のナイフとを見くらべ、困った表情を浮かべた。

だが、のぞいてみたい好奇心も、残っていた。彼はおそるおそる顔を近づけ、呆然《ぼうぜん》となった。力の抜けた手からナイフが滑り落ちそうになり、あわてて、われに返った。そして、ふたたびのぞきこんだ。ここと大差ないつくりの、ごたごたした室内があるはずだった。そうでなければ、ならないはずだ。

しかし、まったくちがった光景が、そこにあった。室内は室内だが、広く豪華な部屋だった。じゅうたんが床にしかれ、その上には、上品な家具が並べられている。高い天井からは、シャンデリヤがさがっている。壁には油絵が飾られてあった。婦人の像で、その服装から十七世紀頃のものかと思われたが、彼にはそれ以上の知識はなかった。また、大理石でできた置物もあり、すみの机には、電話機がのっていた。

人影は見あたらず、広さと静かさの支配する眺めだった。窓をおおう薄物のカーテンの揺れ方も、優雅だった。青年の部屋とくらべ、天井も二倍ちかく高く、広さは少なくとも五倍は……。

ここに気づき、彼は軽い叫び声をあげた。こんなことが、ありうるだろうか。この

アパートのなかに、おさまるわけがない。幻覚か錯覚だろうか。それとも、レンズかなにかを利用した、いたずらだろうか。

青年は目をこすり、またのぞいた。広い部屋は依然としてそこにあり、鮮明であり、レンズを通して眺めるような、ゆがみもなかった。眺めつづけていると、風のためにカーテンが揺れ、そとの景色がちらと目に入った。それは一瞬だったが、彼の目の底には焼きついた。

異国の街だった。石造りの建物が並び、ひときわ高く教会の塔があり、そのむこうには海があった。彼は海のにおいを感じた。街路樹は午後の陽ざしをあび、道に影を落とし、町角の噴水は虹《にじ》の色に光り……。

その時、電話のベルが鳴りはじめた。その広い部屋のすみにある電話機で、耳なれない明るい響きをたてていた。それを見ていて、青年は少しいらいらした。だれかが出なければいけない。そう思っていると、窓と反対側にあるドアのとってが回り、扉があき、だれか人の入ってくるけはいが……。

ほっとすると同時に、青年はあわてた。のぞき見をしていた反省と、見とがめられた時のばつの悪さに気づいたのだ。彼は、左手で持ちつづけていた丸い板を、急いで穴にはめこんだ。それはうまくおさまり、青年ははじめて長い息をついた。

まるで、夢からさめたようだ、と彼は思った。しかし、夢なら、こんなに細部にわたって鮮明には見えないはずだし、また、記憶にも残らないだろう。夢でないことを確認するためには、小さなすきまを作って、もう一回そっとのぞけば……。

だが、それはできなかった。丸い板をはめこんだはずなのに、あとが少しも残っていない。指でさわっても、目を近づけても、ナイフを突きたてる前の壁と、まったく変わっていなかった。円形の線さえみとめられず、さっきの穴が、うそのようだった。ということは、やはり夢だったのだろうか。

青年は少し恐怖を感じ、手のナイフを、そっと机の上に横たえた。手のひらには、汗がにじみでていた。それから、いまの現象について、ゆっくり考えようとした。休日の午後だから、時間はたっぷりある。

見たことを回想した。室内の配置、窓のそとの景色。それらは、はっきりと覚えている。それに電話のベル。あの電話をかけてきたのは、だれなのだろう。開きかけたドア。ドアのむこうにいた人物は、だれなのだろう。だが、考えても結論はでなかった。

時どき、彼は横目で机の上を見る。ナイフは消えずに残っており、手に取れば重みがある。これを使って、さっき、隣室との壁に穴をあけたのだ。しかし、そこには隣室がなかった。そのことは、たしかだ。訪問したことはないが、あんな広さと、あんな窓外を持つ部屋のあるわけがない。

解答は得られず、無理につけようとすれば、狂気しかない。つまらない毎日の仕事、せまいアパートの部屋、さわがしい物音。これらの重圧が精神をゆがめ、理想の光景を投影したのではないだろうか。しかし、あまり気持ちのいい仮定ではなく、青年はそれを頭から追い払った。

考えていたってだめだ、と彼は決心した。唯一の方法は、もう一回やってみることだ。こんどは、事情が少しはっきりするかもしれない。青年はナイフを手に、壁ぎわに寄った。

そして耳に押しつけた。ドアの開く音が伝わってきた。アパートの各室にある、安っぽいドアの音だ。つづいて、なにか呼んでいる子供の声、なにかを投げる音。隣室の住人が、帰宅したらしい。となると、試みるのはぐあいが悪い。こんどは、どんな穴があくかわからないのだ。青年はためらい、ひとまず中止した。

つぎの日、彼は出勤した。しかし、アパートの机のひき出しにしまったナイフのことを思うと、気分がそわそわした。なぞを追う夢みるような心になり、また現実にもどる。それにつれて青年の表情も、楽しげな微笑から、重大なことの開幕に立ち会っているような真剣さに、変化する。

同僚が気づき、恋愛でもはじめたのかと、からかうような質問をし、青年は打ち消す。打ち消すだけで、説明はしなかった。あのナイフは出現した時と同じに、霧のごとく消えてしまうのかもしれない。他人にくわしく話すには、はかなすぎる存在のようにも思えるのだ。

それでも、勤務時間が終ると、青年は急いで帰った。ナイフの見えざる力に引き寄せられるかのように。部屋に入り、ドアに内側から鍵《かぎ》をかけ、机のなかを、そっとのぞいた。鉛筆だの、ハサミだの、薬のびんなどにまざって、ナイフはそこで静かに光っていた。誠実な恋人のような感じがした。

青年はそれを手にし、どこへ穴をあけてみようかと迷った。へたなところへあけたら、文句を持ちこまれるおそれがある。考えたあげく、天井はどうだろうと思いつく。二階建てのアパートの二階の室だ。とがめられることは、あるまい。

机の上に立ち、彼はナイフを天井板に突きさした。きのうと同様に、ほとんど手ごたえがなくささり、直径三十センチの円を描いて一回転した。かまえていた左手の上に、くり抜かれた丸い板が落ちてきた。

彼はまず、その板を眺めた。ふちは鋭く切れている。だが、ふしぎなのは裏側だった。さぞほこりがたまっているだろうと、軽く口で吹いてみた。しかし飛びちったものは、なにもない。指でなでたが、なにもついていない。なめらかな感触があるだけだった。絹を糸でなく平面にしたら、こんな感じになるのではないだろうか。

しかし、その検討は、ほどほどで中止した。それよりも問題は、穴のほうだ。顔をあげてのぞくと、そこは暗かった。屋根裏だから暗いのは当然だろうが、暗黒と呼びたいような底しれぬ闇だった。もっとも、それは彼の目がなれていないせいもあった。

やがて目がなれてきた。暗さのなかに光の点が散在していた。なんだろう、と彼は目をこらし、そして気づいた。星座だった。

息の止まるような思いだった。この部屋のそとは、夕ぐれの明るさだ。また、この上には屋根があるはずだ。しかし、星であることに、まちがいない。深い空間をバックに、青や赤や白や黄色に輝やき……。

その輝やきは、いつも眺める星と、どこかちがっていた。彼はその原因を考え、まもなく答えを得た。星々が、またたかないのだ。すると、この眺めは、大気圏外の宇宙なのだろうか。なぜか、彼は少し寒けがした。しかし、目を離す気にはならなかった。

なんの変化もなく、時が停止しているようだった。そのうち、目がさらになれてきて、視界のなかに、浮いている岩石を三つほど発見した。距離の関係がわからないので断言はできないが、小さなビルぐらいの大きさらしい。小惑星とでもいうのかな、と彼は思った。

光景の左のほうから、動くものが現れた。銀色の円筒状のもので、アンテナがそとへ伸びている。小型の宇宙船のようだな、と彼が見つめていると、そこからなにかが発射された。炎の尾をひき、しだいに速力をあげ、浮いている岩石に命中した。閃光《せんこう》がおこり、爆発した。だが、岩石が粉々になったのではなく、どういう作用か、三つほどに割れただけだった。

鉱物の調査でもやっているのだな、と青年は自分なりの想像をした。静寂のなかに展開される、雄大でメカニックな作業だった。乗員の姿は見えなかったが、青年はそれを心に描き、羨望《せんぼう》と嫉妬《しっと》を感じた。それが伝わりでもしたかのように、また宇宙船からの発射がなされた。しかも、炎を噴射する物体は、こちらへと進んでくる……。

青年は急いで左手をあげ、穴をふさいだ。ぴしりとふさがり、きのうの壁と同じく、あとは少しも残らなかった。だが、彼の胸は、激しく波うっていた。いまにも天井を破って、物体が飛びこんできて爆発するのではないかと、心配したのだ。不安の時が流れたが、それは起こらなかった。机の上にあがりなおし、板を指で叩《たた》いてみた。天井板に特有の、軽いうつろな音がしただけだった。あたりはいつもと変わらぬ、平凡で見あきた部屋なのだ。

青年は、さらに試みてみようと思った。あいた穴が、あとを残さずにはめこめることは、たしかなようだ。これに勢いを得て、こんどは廊下に面した壁に、ナイフをさした。例によって、丸い穴があく。のぞいてみると、森のなかだった。どこの森かは、わからない。濃い緑の木が奥深くつづき、幹にはったがからまり、葉の発散する青っぽいにおいが……。

においがするからには、と青年が気づいた。きのうは、むこうの電話のベルの音を聞いた。ということは、穴でむこうとつながっているのだろうか。おそるおそる手をさしこもうとした。しかし、なにかにさえぎられて、穴の面を越えられなかった。透明な板の感じともちがう。手を近づけるにつれ、押しかえす力が急速に高まり、ついに進めなくなるといった感じだった。彼はそばにあったマッチ箱を取り、穴にぶつけてみた。それは音もなくはねかえされた。

やはり遮断されている、と彼はうなずいた。そうでなかったら、さっきの宇宙空間で、ただではすまなかった。真空と接触してしまうところだった。しかし、むこうの音やにおいが伝わってきたのは、どういうわけだろう。考えてもわからず、彼はそれ以上、その疑問を追求するのをやめた。

それより、もっと知りたいことがあった。裏側は、どうなっているのだろう。彼は、廊下へ出るため、ドアを開けた。静かな森にふみこめるだろうか。しかし、その期待はすぐに消えた。そこには廊下しかなかった。だが、彼は廊下へ出て、穴の裏側に相当する個所を調べた。そこには、なんにもなく、穴はもちろん、ひび割れすら発見できなかった。

なるほど、こういうしかけなのか、と彼はつぶやいた。といって、なにかがわかったわけではない。隣室の人に気がねなく、壁に穴をあけても大丈夫と知っただけのことだ。青年はまた部屋に戻った。

しかし、ドアをうしろにしめた時、彼は室内で混乱がはじまったことを知った。小さな鳴声とともに、小動物が何匹もかけまわっている。リスのように思われた。こいつらは、どこから出現したのだろう。それへの答えは、すぐに示された。穴からまた二匹が、つづいて飛び出してきたのだ。床の上を走り、机に飛びあがり、柱をのぼっている。動きは休むことなく、目まぐるしい感じがした。

彼は、この処理に困った。動きが早く、つかまえることは不可能だ。穴へ追いかえせるだろうか。それもむずかしそうだし、またも一匹が穴から飛び出してきた。いったい、むこうでなにが起こったのだろう。彼は穴からのぞき、その原因を知った。樹上へ追いつめられたリスが、逃げ場を求め、飛びおりる。そのうちのいくつかが、ここへまぎれこんでくるのだ。そして、追っているのは、大きな蛇。

蛇は頭をもたげ、穴のそばまで迫っていた。こんなのに入ってこられては、ことだ。青年は反射的に穴をふさいだ。穴はふさがり、なんの跡もとどめなかった。彼はまた、あたりが静かになったのに気づいた。室内を見まわすと、かけまわっていたリスたちの姿も消えていた。消えたのか、ふさがる前に穴へ戻ったのかは、わからなかった。しかし、後者のように思われた。さっきまでただよっていた森のにおいも、まったくしなくなっていた。

ナイフの性能なるものを、青年はいくらか覚えた気がした。こちら側からはむこうに行けないが、むこうから入ってくることは起こりうるのだ。そして穴がふさがれるとともに、押し戻されたように消える。だからといって、安心はできない。宇宙で発射されたものがこっちへ入って爆発したら、そんな場合はどうなるだろう。生命を失うことになってはつまらないし、混乱はそれでとどまらないかもしれない。

穴がふさがると同時に、すべては旧に復するかとも思えるが、わざわざそんな冒険はしないほうがいい。いままではそんなこともなかったが、穴のむこうが海底だったら、どうなる。たちまち押し流され、ふさぐのに使う部分を、なくしてしまうかもしれない。こんご穴をあける時には、注意したほうがよさそうだった。また、いくつもの穴を同時にあけることも、避けたほうがよさそうだ。

かくして、しだいに青年は、この新発見の行為に熱中していった。部屋のあらゆる面に穴をあけ、のぞき、穴をふさぐことをくりかえした。同じ壁に試みたからといって、同じ光景が展開するとは限らなかった。隣室との壁のかなたに、以前には広い部屋があったが、つぎには有史前の世界があった。

夕焼けで雲が赤くそまり、沼地がひろがっていた。ところどころにシダ植物がはえ、首の長い恐竜が、ゆっくりと歩いている。想像していたより、ずっとやさしい目をしていた。のどかな、夕ぐれ。こんなおだやかな日々が、地球上に存在したのかと思うと、恐竜がうらやましく思えてきた。

窓ガラスに穴をあけたこともあった。そこには、未来の社会があった。プラスチックのような材質の高層ビルが並び、その色彩は調和のとれた中間色で、どぎつくない上品さがあった。動きはスムースで、清潔と整然と輝やきがあった。また、人々の表情にも、理性と微笑がある。

そして、その丸い穴の周囲には、現在の都市が見えるのだ。雑然とし、薄くよごれ、息苦しいような町が。この対照は悲哀感を高め、青年はすぐ穴をふさいだ。

壁の鏡に穴をあけてみると、海賊船上での戦いが展開されていた。船の上で刀を振り、切りあい、突きあっていた。映画のように派手ではないが、作りものでない緊迫感があった。一枚の金貨が、飛びこんできた。はげしい息づかいが聞こえ、血しぶきが飛んできて、青年の頭にかかる。

片手を斬られ、バランスを失って海へ落ちる男もあった。しかし、その男の顔には、自分の時代をせいいっぱいに生きたことへの、満足感のようなものがあった。

青年は、穴をふさいだ。鏡には、彼自身の顔がうつっている。かかったはずの血は、消えていた。それにしても、われながら気力のない、平凡な日常と妥協した顔だった。いまの海賊の表情とくらべ、恥ずかしくなるような感じだった。青年は目をそらせ、落ちたはずの金貨を探した。もちろん、それはなかった。

ナイフを使ってのこの楽しみは、彼をとらえて、はなさなかった。彼はまた、それにおぼれていった。ひそかな楽しみ。他人には話さなかったし、写真にもとらなかった。秘密がもれたら、これを失うにきまっている。

青年は自分の時間を、すべてそれに費やした。会社に持って行きたかったのだが、それは思いとどまった。同僚に見つかったら、ただではすまない。

しかし、ひとりで宿直する夜には、持っていった。そして、いろいろな壁に穴をあけ、のぞき、ふさぐのだ。金庫室の壁に、ナイフを突きさしたこともあった。これで札束が手に入るのならありがたいのだがな、と彼は思った。だが、穴からは明るい光がもれ、大きな蝶《ちょう》がゆっくりと舞い出てきた。蝶は薄暗い電灯の下で、まごついたようにはばたいた。

むこうの光景は、どこか南の島だった。ヤシの木の葉が風にゆれ、波はおだやかに浜に寄せ、鳥の声が高く、熱帯の花の色があざやかだった。少し離れて若い男女が……。

彼は穴をふさいだ。見てはいけないと反省したからではない。ことの差の大きさが、不快になったのだ。蝶は去り、ただ電灯に照らされている冷たい金庫室のとびらと、がらんとした空気と、自分ひとりが……。

青年はあきることなく、この行為にふけった。穴からのぞくことにより、日常の退屈さがまぎれる。穴は、不満のはけ口であるといえた。

だが、同時に、これによって、不満はさらに高められもする。自分のみじめさが、はっきりと浮き彫りにされてくるのだ。穴のむこうの世界は、みな生気にあふれ、個性をもち、そして、なんらかの意味で、すばらしさを秘めている。それなのに、こちら側の世界は、疲れ、ひからび、ぐったりとし、とりえがない。

自分と関係のないよその場所、近い将来や近い過去、また遠い未来や遠い古代。それらの世界がこっちにむかって、あざけり気の毒がり、軽蔑《けいべつ》しているようだった。自分の周囲の空間、自分のいる現在という空間。それだけが他からとり残され、あえいでいるのだ。彼はたえがたい圧力を感じ、みじめで悲しい気分になる。

一種の、限りない拷問のようだった。恐るべき檻《おり》に、入れられたようでもあった。この檻のなかでは、不満を解消しようとすればするほど、さらに大きな不満が育ってしまう。また、自分の存在価値がしだいに薄れ、やがては消失してしまうのではないかとの、いらだたしい感じにもなる。

青年は、ナイフでの作業をくりかえしつづけた。なんとかして、むこうの世界に行けないものだろうかと思いながら。彼は穴をあけるたびに、手をさしこもうとしてみる。しかし、むくいられることはなく、見えない障壁は、いつも存在していた。からかわれているような、手ごたえのない感触でありながら、強くさえぎられてしまうのだ。すぐそばにある世界なのに、無限に遠い。

むこうの住人に、連絡だけでもとりたいと思った。しかし、こっちに視線をむける者があっても、表情は少しも変化しなかった。完全に無視され、黙殺されているようだ。腹立たしい、あせりを感じる。いったい、むこうからこの穴は、どうみえるのだろう。

ある日、例によって壁に穴をあけると、そこには酒場があった。楽しげな談笑、豊富な酒。しかし、そんなことより、前方に鏡のあったことが、彼を緊張させた。待っていた機会だ。青年はそれを見つめた。だが、そこに写っているのは、その酒場の内部だけだった。この穴も、のぞいている自分も、こっちの壁の裏さえ、うつっていなかった。いやな気分だった。むこうにとって、こちらは無の存在なのだ。幻影ですらない。

しかし、青年はあきらめなかった。なんとかして、むこうへ脱出したい。脱出の方法があるはずだ。この考えにとりつかれ、彼はもがくように、あらゆる方法を試みた。すべてむなしい結果に終るのだったが、彼は望みを捨てなかった。

そして、ある日。彼は新しい試みを思いつき、大きなスリガラスを買ってきた。椅子や机にもたせ、部屋の中央にそれを立て、ナイフをさした。ナイフは忠実に動き、穴のむこうの光景が現れた。

夜の公園がそこにあった。春の夜らしい。おぼろ月の下で梅が咲き、そのにおいが、ただよってきた。右のほうの池では、鯉が水音をたててはねた。

変なものが飛びこんでくる心配は、なさそうだ。彼はそれを見きわめ、スリガラスの反対側にまわった。そこは傷ひとつないガラスの面だ。青年は穴のちょうど裏に当る部分に、ナイフをさした。穴の奥には、やはり梅の咲く公園があった。しかし、月はみえなかったし、花びらを浮かべた池は左のほうにあった。そのことから、さっきの眺めにつづく光景とわかった。

彼はあっちへ回り、こっちへ戻り、ガラス板の穴から、交互にのぞきこんだ。夜の公園を、ひとり散歩している気分になってきた。この部屋、この世界が実在していないように思えてきた。支えのない、不安定な、他人の夢のなかにいるような気持ちに……。

公園のかなたから、寺の鐘の音が聞こえてきた。それによって、彼は記憶をよびさまされた。この場所は、少年時代に時たま遊びに来た公園だったと。遊んだのは昼間に限られていたので、すぐに思い出せなかったのだ。

そうだ、たしかにあの公園だ。泉のように、思い出が湧いてきた。あの方角に小高い築山があり、上には小さな休息所があったはずだ。目をこらすと、ぼんやりと暗いなかに、たしかにそれがあった。あれを越すと広場があり、ブランコや遊動円木があり、友達とよくそれに乗ったものだ。なつかしさは、高まる一方だった。

　そんな思い出の場所なのに、なぜすぐに気がつかなかったのだろう。彼は考え、その原因を知った。いつだったか通りがかりに眺め、すっかり模様がえされていたのを見ていたためだ。梅や築山はなくなり、近代的な配置の花壇が、その場所を占めていた。

　となると、これは過去の公園だ。少年時代の公園なのだ。この公園の出口は、よく知っている。そこから自分の家への道も、よく知っている。それを駆けていって、早く帰らなければ……。

　青年はあせった。いまの自分は、夢のなかにいるのだ。少年の自分が見ている夢のなかに、いるのだ。いままでの生活は、ずっとその夢だったのだ。まちがった空間、まちがった時間、その最悪の方向に迷いこんだ悪夢なのだ。

　早く、目をさまさなければならない。そうすれば、すべては終り、活気と希望にみちた自分がとり戻せる。だが、前にはガラスの壁がある。これを破らなければ……。

　青年は手にふれた灰皿を、勢いよくぶつけた。ガラスは割れ、砕け散った。なつかしい光景は一瞬のうちに消え、あとには変わりばえのしない部屋だけが残った。

彼は手を振りまわした。しかし、そこには春の夜もなければ、梅の匂いも残っていない。彼はナイフを拾い、目を閉じていまの光景を追い求めた。しかし、それはどこへともなく去ってしまい、二度と現れない。

激しい落胆のため、彼は目まいを感じ、倒れかかった。目まいのせいではなかったかもしれない。心のすみに、生きるのがいやになった感情がおこり、それがそそのかした行為ともいえた。

青年は倒れ、ナイフは胸をさした。しかし、痛みもなく、死も訪れてこない。彼は両手で、胸を押さえてみる。たしかにささったはずなのに、なんということもなかった。彼は、事態を理解した。

穴があき、そしてふさがれたのだろうと。

苦笑いしながら、青年は立ちあがった。手から血が出ていた。だが、それは、ガラスの破片によるものだった。彼は割れたガラスを片づけた。しかし、そのなかにナイフがなかった。どこかへ飛んだのかと、あたりをくわしく探して見る。しかし、どこにもなかった。いまの胸の穴のなかに、消えてしまったのかもしれない。彼はそう思った。そうとしか考えられなかった。

もはや探しても、無意味だった。たとえ胸を引き裂こうが、それを手にすることはできない。あの楽しい遊び、悲しい遊び、みじめな遊びは、二度とできなくなってしまったのだ。自分に与えられた時と場所は、この平凡な生活という、永久にさめることのない夢のなかだけなのだ。

あきらめる以外にない、と青年は思った。やがては、これに安住できるような気持ちにもなれるだろう。それよりほか、どうしようもないではないか。

それからの毎日、彼は朝になって目ざめるたびに、枕もとのほうに目をやる。しかし、静かに光るあのナイフは、現れてくれなかった。天井も壁も窓も、なにごともなかったかのように、そしらぬ表情で彼をとりかこんでいるだけなのだ。

あとがき

これは、新しい「あとがき」です。今回、本書の活字を大きくし、鮮明な印刷にするため、版を作りなおすことになった。あとがきを読むと、どうにも古い。なにしろ、文庫の初版が、昭和四十七年である。

すでに絶版の自選短編集や、アンソロジーに入っていたものや、新作を集めてまとめ、ほかの短編集とは重複していないことの説明を書いた。現在の人には、意味がない。末尾の部分だけ再録しておく。

〈読みかえしてみると、よくいえばバラエティに富んでいる。悪くいえば雑多。そんな感じがしないでもない。初期の作品や、このごろの作がまざっているからである。そんなことから『ちぐはぐな部品』という書名をつけた〉

しかし、そのあと、短編の題材を時代物や民話風までひろげたのだから、いま読むと、むしろ原点である。個人的にはなつかしさをおぼえるが、読者にそんな印象をあたえてはいけない。つねに読者とは初対面が、私の主義である。

そのため、部分的な手直しをした。用語などである。電子頭脳なんて、いまではおかしい。ＳＦ界発展の資料としてなら、そんなことはすべきでないだろう。しかし、それを目的に読む人は、ごく少数。研究のためなら、古いのをさがせばいいのだ。

また、国語表記の変化もある。私はむずかしい漢字を使えるが、読者に通じなければ、どうしようもない。そのため、当用漢字に協力的だったが、その基準が変わったので、文章も少し変えた。当用漢字には、皿も、眺めるも、釣るもなかったのだ。漢字も、ある程度あったほうが、読みやすい。

私は短編では、時事風俗を扱わないので、それらの手直しで、より親しみやすくなったと思う。ただ「ネチラタ事件」は、読んで面白がっていただければそれでいいのだが、落語の「たらちね」のパロディである。それを聞く機会も、少なくなった。わざわざ調べることもない。ざっくばらんな人たちのなかに、とてつもなく上品な言葉づかいの女性のまざる話である。私の作品の逆と思えばいい。

このところ痛切に感じるのだが、日本の社会の変化は、めまぐるしい。科学技術から、ものの考え方など、たちまちのうちに一変してしまう。小説も書きにくくなっているのではなかろうか。

なお、尾崎さんの解説は、もとのまま。さすがというか、評論とはそういうものなのか、とくに古くなっていない。
というわけです。どうぞ、よろしく。

昭和六十一年六月

著者

解説

尾崎秀樹《ほつき》

星新一を私に紹介してくれたのは今日泊亜蘭《きょうどまりあらん》だった。すでに「人造美人」や「ようこそ地球さん」が出版されており、ショート・ショートの作家としての彼の名前は、おおいに注目されていた。私はそれ以前から、雑誌に発表された彼の作品をいくつか読んでいた。最初に読んだのは「ボッコちゃん」である。私はこのショート・ショートを読んだとき、誇張でなくその才能に驚嘆した。「おーいでてこーい」をみて、さらにその感じをふかめた。「ボッコちゃん」は酒場のカウンターにいる美女ロボットの話で、オウムのように受けこたえするボッコちゃんの足の先から回収した酒にまじった毒で、店の主人も客もみんな死んでしまい、ロボットだけがポツンと残される。

私はこの「ボッコちゃん」を読んで、作者の深い詩情を感じたものだ。「おーいでてこーい」の卓抜なアイデアとともに、私はそれ以来星新一ファンになり、ショート・ショートから長編、エッセイにいたるまで、目にふれるごとに愛読してきた。後藤新平の乾分《こぶん》だった私の父が、星新一の父君にあたる星一と台湾時代に交渉があったことなども、ふしぎな縁だった。その関係で私の一番上の兄は星製薬に就職し、ストライキさわぎで会社をやめるまで、そこに勤めたこともある。ただし星新一は、製薬会社の社長としてはどうやら失格だったらしい。昭和二十六年に星一が亡くなり、そのあとを継いだ彼は、山なす借財に首がまわらず、みごと討死してしまったという。そして城を明け渡し、解放された後にその心の空洞を満したのがSFだった。「読書遍歴」という文章をみると、かぜをひいたある夜、ブラッドベリの「火星年代記」を読み、たちまちそのとりこになってしまったのがはじまりだそうである。だが彼が実業家として失敗したことは、日本のSFにとってはおおいなるプラスだった。彼が事業に失敗し、ブラッドベリの作品にふれなかったら、日本のSF界は別の道を歩んだかもしれない。……そんなことを思ったりする。

星新一は大正十五年九月に東京で生まれた。本名は星親一、父親の星一からはアメリカ留学で鍛えあげられたパイオニア・スピリットと、骨の太さを受け継いでいるようだ。政敵による後藤新平失脚の陰謀の犠牲となって、官憲の圧迫をうけ、一大打撃をこうむった父親の過去の事件については、「人民は弱し官吏は強し」にくわしく述べられている。なお星一は大正七年に「三十年後」と題したSFを出版しており、SF界の草創《くさわ》けの一人でもあったという。

星新一の母方の祖父は小金井良精、解剖学、人類学の草創けだ。祖母の小金井喜美子は森鷗外の妹であり、歌人としても有名だった。星新一はこの祖父母と一緒に暮し、大きな影響をうけた。

東京女高師の附属小学校から中学へ進み、旧制高校を経て東大の農学部に学んだ。卒論は抗生物質、大学院で専攻したのは澱粉《でんぷん》分解酵素の研究だった。父の死後、会社の経営をひきうけたが失敗、その挫折《ざせつ》のなかでSFに開眼したことについてはすでに述べた。昭和三十二年に「セキストラ」を発表、SF界に新風を吹きこみ、「ボッコちゃん」をはじめとするいくつかの掌編で、ショート・ショートに新しい分野を開いた。

ショート・ショートはSFの俳句だという。日本でコントが流行したのは岡田三郎の提唱以来だ。フランスから帰った岡田三郎がこころみたのが最初だといわれる。二十行小説、三十行小説などといった名称もあったが、川端康成の掌編小説などはその一収穫であろう。大衆文学の分野では自動車事故で亡くなった渡辺温によってコントが定着した。「兵隊の死」「可哀相な姉」などはその代表作である。城昌幸や水谷準にもすぐれたコントがあった。

しかしショート・ショートの形式は星新一によってはじめられたといってよかろう。

コントの系列にたつものだが、むしろSFやミステリーを媒介とし、ファンタスティックな次元に花開いたものだ。星新一はファンタジーやナンセンス、それにSFやミステリーなどのエッセンスをとりこみ、宇宙時代の開幕にふさわしい形式として、このショート・ショートをつくりだしたのだ。その意味ではショート・ショートはきわめて現代的な形式であり、その発展は星新一の才能におうところが多い。

星新一は「創作の経路」のなかでつぎのように書いていた。

「ほかの作家の場合はどうなのか知らないが、小説を書くのがこんなに苦しい作業とは、予想もしていなかった。よく『いまだに試験の夢を見る』などという人があるが、私は学生時代の試験がなつかしい。試験ならいよいよとなれば白紙を出せばいいが、原稿ではそうもいかない。しかも、つねに合格点であることを要求される。また、私の書く分野が調査や資料を要しない純フィクションであるため、他人からは気楽そうに思われ、どうも損な気がしないでもない」

ショート・ショートならすぐ書けるように錯覚する諸君もいるようだが、それは逆である。アイデアだけが勝負のこの形式は、彼に残酷なほどの熟考を強いる。ひとつの発想を得るために何時間も書斎にとじこもり、メモの山をかきまわし、腕ぐみをして歩きまわり、溜息《ためいき》をつき、過ぎてゆく時間を気にし、焼き直しの誘惑とたたかい、コーヒーを飲み、才能がつきたのではないかと絶望し、目薬をさし、石けんで手を洗い、またメモを読みかえすといった苦労は、いわは産みの苦しみといってよかろう。

構想がまとまるとあとは一気におしすすめられ、下書き、清書、そして完成となる。初期の数作を除いては、いずれもこのような苦しみを経て創造されたようだが、彼の作品を読むといずれもわかりやすい表現のなかに、無数のエスプリのひらめきを読むことができる。彼は題材について特別の枠をもうけないようだが、それでもいくつかの制約があるらしい。性行為と殺人シーンの描写をしないこと、時事風俗をあつかわないこと、前衛的な手法をもちいないことなどだ。しかしこのような作者みずからが課した制約は、その作品の気品の高さを結果しているようである。思いつきからくる残酷さや非情さをおおう一種の詩情がただようのも、そのためであろう。

「ちぐはぐな部品」に収録された三十篇のショート・ショートは、いずれも珠玉ぞろいだが、なかでも「いじわるな星」「凍った時間」「神」などは、わさびのきいたサチール（諷刺《ふうし》）でもある。ジフ惑星についた宇宙パトロール隊の基地建設は、さまざまな幻によって攪乱《かくらん》されるが、これはまた限りない人間の欲望にたいするアンチ・テーぜをも意味している。「いじわるな星」のおもしろみは、読みおえたときにふとわれに返って思い知らされる、その切実感ではないだろうか。

「凍った時間」に登場するサイボーグは、脳だけを残してあとすべてを人工のものにとりかえられた表情を失った存在だが、凍った時間の谷間のなかで、人間どもの陰謀と対決し、ふたたび殺風景な地下室へもどってゆく。この金属的な孤独感は現代人が疎外の中で感じるのと、共通するものをもっている。

電子頭脳にあらゆる神に関するデーターをおぼえさせ、神の創造をくわだてた結果、無に帰してしまう「神」の話も、諷刺がきいている。なかにはきわめて軽いナンセンスふうなものもあるが、いずれも西洋菓子の味をもっており、作者の風貌《ふうぼう》をみる思いがする。

星新一のショート・ショートについては、くわしいコメントは不必要だろう。実作にふれることによって、そこから読者それぞれの勝手な思いをひき出すがいい。それが星新一の作品への一番の迫りかただ。私の解説はかえって蛇足ではないだろうか。

解説

大森　望

いきなり自分の話ですみませんが、生まれて初めて買った文庫本は、星新一の『ボッコちゃん』だった。新聞広告を見て本屋へ買いにいった記憶があるから、新潮文庫から初版が出た一九七一年五月のことだったと思う。定価はたしか百六十円。これが日本SFとのファースト・コンタクトだった——という人間は、僕らの世代では珍しくない。お定まりのコースというやつですね。若い人は、それってものすごく昔の話じゃないのと思うかもしれないが、僕だって当時は小学校五年生だ。

しかし、これぐらいで古いと言ってはいけない。その『ボッコちゃん』の元本（の片割れ）にあたる第一作品集『人造美人』が出たのは、さらに遡《さかのぼ》ること十年の一九六一年二月。おお、奇《く》しくも筆者が生まれた月ではないか。『人造美人』と一緒にこの世に生をうけた人間がSFファンになるのはけだし宿命というべきだろう。

それはともかく、今から五十年前に書かれた小説群が三十五年前に再編集されて文庫になり、以後ずっと途切れずに売れつづけているのだから呆《あき》れるしかない。聞くところによると、新潮文庫版『ボッコちゃん』は初版三万部でスタートし、二〇〇六年五月現在八十六刷、累計二百十二万部だとか。ちなみに同書収録の「おーい　でてこーい」は、つい最近、SFマガジン六〇〇号のオールタイムベストSF投票で、日本SF短篇部門の第一位に輝いている（表題作の「ボッコちゃん」は同十五位）。この『ボッコちゃん』は、星新一の文庫版ショートショート集の記念すべき第一号。その後、七一年十一月に講談社文庫『エヌ氏の遊園地』、七二年一月に角川文庫『きまぐれロボット』、六月に新潮文庫『ようこそ地球さん』、八月に講談社文庫『ノックの音が』、九月に角川文庫『ちぐはぐな部品』（本書）……と続々刊行される。

折しも当時は角川文庫が、角川春樹の肝煎《きもい》りでがんがん日本SFを出しはじめた時期。星新一作品では、『人民は弱し官吏は強し』（'71・4）、『きまぐれ星のメモ』（'71・5）、『気まぐれロボット』（'72・1）に続き、本書が四冊目だった。

星新一は、自筆年譜の一九七二年のコメントにこう書いている。

「この年、文庫ブーム始まる。『きまぐれロボット』『人民は弱し官吏は強し』など、文庫になり、やっと売れ行きがよくなる。／バラ色の未来学は万国博を境に影が薄れ、かわって灰色未来学、さらに終末論が流行しはじめた年でもあった」

新潮文庫や講談社文庫ではなく、角川文庫の二冊を引き合いに出しているのは角川文庫の売れ行きが予想以上によかったからか。それに気をよくして、（単行本の文庫化ではない）角川文庫オリジナルのショートショート集となる本書『ちぐはぐな部品』を出すことにした可能性もある。ちなみに『きまぐれロボット』は初版二万部でスタートし、現在までに累計二百十七万部だという。なんとびっくり『ボッコちゃん』の部数をわずかに上回っている。もしかしたら、星新一最大のベストセラーかもしれない。

本書の成立事情に関して「あとがき」をちょっと補足しておくと、収録三十篇のうち、一九六九年十二月に未来プロモーションから刊行された限定版の自選短篇集『殺し屋ですのよ』との重複が十四篇（いじわるな星／万能スパイ用品／陰謀／なぞの贈り物／宝島／名判決／みやげの品／変な侵入者／恋がいっぱい／足あとのなぞ／みごとな効果／神／最高の悪事／ヘビとロケット）。福島正実編のアンソロジー『ＳＦエロチックの夜』『ＳＦエロチック・ミステリー』（秋田書店サンデー新書）に再録されたものが各二篇（前者が「いじわるな星」「抑制心」、後者が「夜の音」「救世主」）。「歓迎ぜめ」「凍った時間」は六六年刊のジュブナイル作品集『黒い光』（秋田書店ジュニア版ＳＦ名作シリーズ）収録作。「いじわるな星」「災害」「壁の穴」は六九年刊の『星新一・作品１００』（早川書房世界ＳＦ全集）に収められている。

あちこちから集めただけあって、長さも傾向もまちまち。落語ネタあれば、ホームズものや昔話のパロディあり、本格ミステリあり、寓話《ぐうわ》あり、ジュブナイルありとバラエティ豊かだが、当時の感覚ではぜんぶひっくるめてSFだった。六〇年代、七〇年代の日本SFは、なんでもありの懐が深いジャンルだったのである。

いかにもSFらしいSFも、もちろんいくつか入っている。その典型が巻頭の「いじわるな星」。これは著者の代表作のひとつで、前述のように、本書収録に先立ち、『殺し屋ですのよ』『SFエロチックの夜』『星新一・作品100』と、三種類もの傑作選に収められている。フレドリック・ブラウンやロバート・シェクリイなど、黄金時代のアメリカSFの流れを汲《く》む、切れ味のいいショートショートだ。

しかし、ひさしぶりに本書を読み返して今さらながら感銘を受けたのは、アイデアよりもむしろ文体だった。子供の頃からずっと読みつづけていると空気のように自然な文章に見えるが、よく考えてみるとほかに似たものがない。同じように個性的な筒井康隆の文体が無数のフォロワーを生んでいるのと対照的に、星新一文体の後継者はほとんどいないのではないか(一時期の草上仁がかろうじてそれに該当するかもしれない)。真似しやすそうで真似できない名文なのである。

たとえば、本書に収録された「なぞの贈り物」の冒頭を見てみよう。

〈その青年は部屋のなかでねそべっていた。安っぽいアパートの、せまい一室だった。内部はそう乱雑でもなかった。なぜなら、ほとんどなにもなかったからだ。〉

なんでもない文章だが、読者をうならせようと思っていると、ふつうはなかなかこんなふうに書き出せない。論より証拠。実際に比較対照するために、四十数年ぶりに復刊された星新一訳のフレドリック・ブラウン短篇集『さあ、気ちがいになりなさい』（'62・9／早川書房異色作家短篇集）の訳文を例にとろう。作家・星新一自身にも大きな影響を与えた短篇「ノック」の冒頭を、星新一はこう訳している。

わずか二つの文で書かれた、とてもスマートな怪談がある。

「地球上で最後に残った男が、ただひとり部屋のなかにすわっていた。するとドアにノックの音が……」

（中略）いったい、なにものがノックしたのだろうか。わけのわからない状態にであうと、人間の心は、ちょっといいようのない恐怖におそわれるものだ。

一方、その七年後に創元推理文庫から刊行された中村保男訳のブラウン短篇集『宇宙をぼくの手の上に』（'69・3）では、同じ箇所がこうなっている。

わずか二つの文章から成る恐怖物語の秀作がある。

「地球上にのこされた最後の人間が一人で部屋の中に坐っていた。と、ドアにノックがして……」

（中略）「ドアをノックしたのは何ものか」ということが恐怖の焦点なのだ。未知のものと直面した人間の頭脳は、ここに、なにかしら漠然とした恐怖すべきものを補う。ノックの主がなにか途方もなく恐ろしいものだと考えるのだ。

両者を並べると、明らかに中村保男訳のほうが古臭い。星新一のほうは、四十四年後の今も、文字遣いまで含めて、なんの問題もなく現役の翻訳として通用する。簡潔さに加えて、「わけのわからない状態」とか、「ちょっといいようのない恐怖」とか、実感のこもった平易でわかりやすい言い回しが特徴。SF翻訳者の端くれとして言わせてもらえば、なかなかこうあっさり訳せるものではありません。星新一作品が何年経ってもまったく古びないのは、時事風俗や固有名詞を扱わないことだけばかりではなく、半世紀前にすでに完成していたこの文体の力も大きい。

今も現役なのは、すべての星作品について言えること。著者が世を去ったのは一九九七年十二月三十日だが、それ以降の八年間に出版された星新一の著書は、復刊や再刊、再編集の短篇集などを含め、なんと六十冊を超える。理論社から児童書の体裁で出た新しいショートショート選集は驚くほどよく売れているそうだし、新潮文庫の新カバー版『ブランコのむこうで』は、池袋リブロの平積みから火がついて、二〇〇四年七月以降の半年で十一万部を売るベストセラーになった。

本書『ちぐはぐな部品』にしても、一九七二年の初版、一九八六年の新組・改訂版につづき、これで三度めの登場になる。星新一は、掛け値なしに百年残る小説を書いた。なぜそんなことが可能だったのか。まったく謎と言うしかない。

その謎を解く手がかりは本書にも隠されているはずだ。

ちぐはぐな部品《ぶひん》

星《ほし》 新一《しんいち》

角川文庫 14286

昭和四十七年九月三十日　初版発行
平成十八年六月二十五日　改版初版発行
平成二十五年二月二十日　改版二十一版発行

発行者―井上伸一郎
発行所―株式会社角川書店
東京都千代田区富士見二―十三―三
電話・編集（〇三）三二三八―八五五五
〒一〇二―八〇七八
発売元―株式会社角川グループパブリッシング
東京都千代田区富士見二―十三―三
電話・営業（〇三）三二三八―八五二一
〒一〇二―八一七七
http://www.kadokawa.co.jp
印刷所―旭印刷　製本所―本間製本
装幀者―杉浦康平

ほ 3-3　ISBN978-4-04-130321-4　C0193